Sous le charme d'Amelia

*

Bien plus qu'un amant

CHARLOTTE FEATHERSTONE

Sous le charme d'Amelia

éditions HARLEQUIN

Collection : Spicy

Titre original :
IMPROPER PLEASURE

Traduction française de DIANE HAMILTON

Spicy® est une marque déposée par le groupe Harlequin

Photos de couverture :

Corset : © ANNEKA/ROYALTY FREE/SHUTTERSTOCK

Réalisation graphique couverture : ATELIER DIDIER THIMONIER

83-85 boulevard Vincent-Auriol, 75646 PARIS CEDEX 13.
Service Lectrices — Tél. : 01 45 82 47 47
www.harlequin.fr

ISBN 978-2-2802-9203-0 – ISSN 1958-0223

Prologue

Londres, 1876

C'était un jour comme les autres, pourtant Amelia avait la curieuse impression que ce mardi serait bien différent.

Malgré le malaise qui s'était emparé d'elle, elle observa les alentours, et force lui fut de reconnaître que tout était comme d'habitude. Rien, non rien, pas même le plus petit bruissement d'air ne prédisait ce qui allait se passer. Avant de s'asseoir, Amelia se pencha, et, d'un geste de la main, chassa la rosée du banc de pierre, puis s'installa et observa les arbres et les bosquets qui l'entouraient, toute cette végétation qui était en train de s'éveiller après un long hiver.

Poussant un petit soupir, elle leva la tête, offrant son visage à la brise fraîche, et ferma les yeux, se délectant des chants des oiseaux dans les branches, du frémissement du vent dans les arbres, et de la promesse d'une belle journée printanière à venir. Même les statues funèbres qui l'entouraient semblaient comme éclairées par une beauté et une vie intérieure.

La plupart des gens penseraient qu'un cimetière en plein cœur de Londres était un endroit plutôt macabre pour profiter de quelques heures de solitude, mais en ce lieu si calme, Amelia ne pouvait s'empêcher d'éprouver une sorte de réconfort, comme si elle se trouvait dans son propre jardin.

Combien de temps s'écoula-t-il avant qu'elle n'entende les roues d'un attelage résonner sur les pavés ? Elle n'en avait aucune idée. Mais en dépit du brouillard matinal et du voile noir qu'elle portait pour dissimuler son visage, elle remarqua tout de suite l'élégante voiture de maître, aux portes laquées noires et aux armoiries dorées. De lourds pompons, fixés au beau milieu des vitres, se balançaient doucement d'avant en arrière, attirant son regard sur la somptueuse frange brodée de fils d'or qui ourlait les rideaux de velours crème, richement festonnés.

Aussitôt, elle reconnut l'équipage et ses somptueuses armoiries. D'ailleurs, le visage de l'occupant ne lui était-il pas familier ?

Oui, elle connaissait l'homme assis dans cette superbe voiture, mais la réciproque était-elle vraie ?

S'il pouvait seulement la voir, savait-il qui était cette femme assise au milieu des statues, le visage voilé ?

A l'intérieur de la voiture, derrière les rideaux crème, une silhouette bougea, et elle la fixa, comme hypnotisée. Jamais elle ne l'avait vu ainsi, à cette heure de la journée. Jamais ils ne s'étaient trouvés seuls, tous les deux, face à face. Or, même s'ils étaient séparés par le petit chemin conduisant au cimetière, et par la barrière qui le clôturait, jamais Amelia ne s'était sentie aussi proche de lui qu'à cet instant.

La silhouette remua une nouvelle fois. Puis, tout à coup, l'homme écarta le rideau, elle aperçut d'abord ses cheveux sombres, puis ses yeux qui la pénétrèrent comme s'il voyait au plus profond d'elle, malgré le voile qui dissimulait son visage.

Amelia sentit son cœur battre à coups redoublés. Allait-il enfin la remarquer, prendre conscience de son existence ? Mais l'homme se cala de nouveau contre les coussins, l'équipage se remit en route et elle entendit les sabots des chevaux claquer sur les pavés.

Son beau visage avait disparu de sa vue, et elle en fut presque soulagée. Après tout, c'était ridicule ! Cette obsession, car c'était bien de cela qu'il s'agissait, n'était pas partagée. Malgré tous ses espoirs, elle savait pertinemment que cela ne serait jamais rien d'autre : un secret, un fantasme interdit.

Poussant un petit soupir, elle se leva et se dirigea vers le chemin qui la ramènerait vers la sortie du cimetière, et la réalité de sa vie quotidienne.

Chapitre 1

Quand l'avait-il vue pour la première fois ?

Il ne parvenait pas à se souvenir avec précision de la date à laquelle il l'avait remarquée pour la première fois, à travers la vitre de sa voiture, pourtant c'était comme si ce moment magique était encore vivant à son esprit. Le temps semblait s'être arrêté à l'instant précis où il avait aperçu cette adorable vision, nimbée des fragiles rayons du soleil qui avaient réussi à percer les branchages.

Alors que son attelage avait continué à avancer dans Swain's Lane, il s'était retourné pour contempler cette femme solitaire, qui, la tête penchée, semblait lire, ou prier, ou peut-être même pleurer en silence.

Assise sur un petit banc de pierre, non loin d'un séraphin, elle ressemblait à une fée d'un univers mystique, voire à un ange. Les timides rayons du soleil effleuraient son bonnet noir et le voile qui dissimulait son visage. Ça avait été comme une apparition, une véritable enchanteresse, seule au milieu de toutes ces statues.

Il avait été incapable de détourner le regard.

— Arrêtez-vous ! avait-il ordonné à son chauffeur.

Combien de temps, ce jour-là, l'équipage était-il resté au milieu du petit chemin, pendant qu'il la contemplait ?

Il l'ignorait. Comme il ignorait depuis combien de temps, ce matin, il attendait aux portes du cimetière de Highgate, brûlant de la revoir.

Après ce fameux jour où il l'avait aperçue, assise sur le petit banc de pierre, il avait refait à cheval le chemin jusqu'à Highgate, plusieurs fois par semaine, espérant la revoir, ne serait-ce qu'un instant.

Et il avait été exaucé. Elle ne venait qu'une fois par semaine. Le mardi matin, elle arrivait, vêtue d'une robe de lainage gris, dont la tournure était relevée haut dans le dos. Son long manteau, de coupe très simple, ne révélait aucune de ses formes. Quant à son bonnet, de confection simple lui aussi, elle le portait noué sous le menton. Ses rubans de satin noir ondulaient dans la brise, sous le long voile de dentelle qui cachait son visage.

Alors, depuis près d'un mois, chaque mardi, il se tenait derrière les grilles du cimetière, et l'observait en silence, l'étudiant, refrénant son désir de la rejoindre et de l'aborder.

Oui, une fois par semaine il s'accordait la permission de la voir. Et durant les six autres jours, il était transi de désir pour elle.

Le son de ses rênes cliquetant entre ses mains dans le silence de cette fraîche matinée le ramena brusquement au présent. Sa monture, un puissant hongre noir, s'ébroua, piaffant d'impatience. A l'évidence, son fidèle destrier se languissait de sa course matinale sur Rotten Row.

— Rien qu'un moment, murmura Adrien, en resserrant ses mains gantées sur les liens de cuir. Elle vient tout juste d'arriver.

Se penchant sur la droite, il la vit avancer entre les séraphins qui se tenaient telles des sentinelles autour des bosquets.

— Regarde-moi ! chuchota-t-il.

Soudain, ce fut comme si elle l'avait entendu, et, avec lenteur, elle tourna la tête par-dessus son épaule, et le contempla. Du bout des doigts, il tapota son chapeau pour la saluer, puis pressa les flancs de son cheval qui reprit aussitôt le pas.

Voilà, à présent, la mystérieuse et séduisante inconnue avait conscience de lui. Il allait attendre quelque temps, jusqu'à ce que, à son tour, elle éprouve le besoin de le revoir. Et lorsqu'il serait certain que ce besoin serait aussi fort que le sien, il irait à sa rencontre.

Ensuite, il s'efforcerait d'apprendre tout ce qu'il désirait savoir sur cette femme qui rendait chacune de ses nuits plus belle que les autres, envahissant ses rêves de pensées sulfureuses.

Amelia savait qu'elle jouait un jeu dangereux en retournant à Highgate, semaine après semaine. Pourtant, elle ne pouvait s'en empêcher, frémissant de se voir accorder ces quelques minutes de son attention. Il ignorait à quel point elle se cramponnait au souvenir de leurs rencontres. Ces quelques minutes, seule avec lui malgré la distance, étaient les plus précieuses à son cœur, ces minutes où elle avait le sentiment d'être la seule femme sur terre aux yeux de cet homme qui occupait chacune de ses pensées.

Plusieurs fois, elle avait imaginé ce qu'il se passerait s'il découvrait qui elle était. S'il la reconnaissait, malgré toutes ses précautions. Sa vie serait ruinée, elle le savait avec certitude. Pourtant, aujourd'hui encore elle était assise là, impatiente de le voir, sentant le feu couler dans ses veines à son seul souvenir.

Quelle idiote de croire qu'il pourrait éprouver quelque chose pour elle, surtout du désir !

Elle n'était pas belle. Elle était même quelconque, tout à fait quelconque, surtout avec les lunettes qu'elle était obligée de porter.

Non, elle n'était personne.

C'était la cruelle, mais implacable vérité.

Ce matin, dans l'espoir de se retrouver face-à-face avec lui, elle avait même retiré ses lunettes dans un geste de coquetterie insensé. Hélas, aujourd'hui, il n'était pas venu, et pour tout résultat, elle avait trébuché sur la racine d'un arbre.

Se maudissant de sa bêtise, et de sa fierté déplacée, elle se leva du banc, et tendit la main vers le petit réticule dont la chaîne dansait à son poignet. Alors qu'elle baissait les yeux, l'image brouillée d'une main gantée se posant sur ses doigts apparut dans son champ de vision. Surprise, elle poussa un petit cri et releva la tête en reculant.

— Je suis ravi que nous nous voyions enfin face à face.

— Je ne pensais pas que vous viendriez aujourd'hui, chuchota-t-elle derrière son voile.

Aussitôt, elle s'en voulut d'avoir laissé échapper ces paroles. C'était stupide d'être aussi transparente !

Il fit un pas vers elle, et elle sentit sa main gantée prendre la sienne, qu'il porta à ses lèvres.

— J'ai passé toute la matinée à vous attendre, dit-il.

A regret, elle détourna le regard de son visage et sentit ses lèvres chaudes pressées contre ses doigts.

— Je ne vous avais pas vu, avoua-t-elle.

— C'est parce que je ne le souhaitais pas. Je voulais vous observer malgré vous… et vous contempler à loisir avant cet instant.

Une vague de panique la saisit. Qu'avait-il découvert ? Connaissait-il son secret ?

Frémissante, elle tenta de s'écarter, de s'enfuir, même, mais ses longs doigts fins retenaient les siens avec fermeté.

— Comment vous appelez-vous ? demanda-t-il d'un ton si doux qu'elle eut la sensation que sa voix était un ruban de soie qui la caressait.

Soudain, la folie de ce qu'elle était en train de faire lui apparut. Elle ne devrait pas être là, à se comporter de la sorte ! Cet homme était un lord, un pair du royaume ! Et elle, elle n'était personne. Personne…

Et si jamais il découvrait son identité et révélait son secret, elle se trouverait de nouveau plongée dans ce monde atroce dont elle avait tout fait pour s'extraire.

— Quel est votre nom ? insista-t-il.

— Emmy, répondit-elle, se servant du surnom que son père lui donnait lorsqu'elle était petite fille.

Il pencha la tête sur le côté et l'étudia de ses grands yeux bleu-vert, comme s'il voulait percer le mystère de son voile.

— Enchanté, Emmy, je m'appelle Adrien.

Oserait-elle un jour prononcer son prénom à voix haute ? Aurait-elle l'occasion de le murmurer dans le plus doux moment ?

— Qui êtes-vous, Emmy ?

— Personne, répondit-elle tandis que, du bout des doigts, il lui effleurait le dos de la main.

Combien de nuits avait-elle passées à rêver de ses mains en train de la caresser ?

Tant et tant de nuits ! De longues nuits, froides et solitaires.

— Est-ce que vous venez pour écrire ? demanda-t-il

encore. Il me semble vous avoir vue avec un crayon et un cahier.

— Non.

— Etes-vous artiste, dans ce cas ? Vous avez l'air d'étudier les statues en connaisseuse.

— Je ne suis qu'une femme qui se promène, c'est tout.

Il accentua sa caresse sur le dos de sa main.

— Non, ce n'est pas tout, Emmy. Si vous étiez n'importe quelle femme, je ne serais pas ici. Jamais je ne serais venu en ces lieux chaque semaine depuis un mois juste pour vous observer de loin. Non, vous n'êtes pas n'importe quelle femme, Emmy !

— Je… Je dois partir, bredouilla-t-elle en s'écartant de lui.

Elle était effrayée de sentir son corps réagir de façon aussi effrénée à sa simple caresse, et terrifiée de se rendre compte que ce n'était pas seulement son corps qui répondait à cet homme, mais son esprit, son cœur… son âme tout entière.

— Ne partez pas, Emmy ! Nous avons tous les deux tant attendu ce moment.

— Je… Je ne peux pas…

— Vous viendrez la semaine prochaine, n'est-ce pas ? Vous n'allez tout de même pas disparaître, maintenant que nous avons fait connaissance ?

Comme elle ne répondait pas, il l'attira à lui et la tint serrée contre son torse. Aussitôt, elle se laissa envelopper par l'intense chaleur qui irradiait de lui.

— Promettez-moi, Emmy, promettez-moi que vous serez là, la semaine prochaine. Il faut que vous reveniez, Emmy, parce que j'ai envie de vous revoir. J'ai besoin de vous revoir !

En l'entendant se déclarer avec autant de ferveur, Emmy

sentit son cœur se serrer. Tout cela allait trop loin, bien trop loin. Comme hypnotisée, elle hocha la tête, incapable de prononcer une seule parole.

Oui, elle reviendrait encore une fois. Juste une fois, mais ensuite, plus jamais elle ne mettrait les pieds à Highgate.

Chapitre 2

Le brouillard flottait au-dessus de l'herbe humide, semblant envelopper la frêle silhouette comme un suaire. Les faibles rayons du soleil qui tentaient de percer les nuages la nimbaient d'un halo lui donnant une allure fantomatique.

Fasciné, Adrien poussa la lourde grille noire dont les gonds protestèrent et qui s'ouvrit en raclant le sol. Il pénétra dans le cimetière, ses pas l'emportant vers Emmy.

La brume était si épaisse, enveloppant si fort son fin profil, qu'il crut un instant l'avoir perdue de vue. Mais soudain, un nuage s'écarta et il la vit, assise sur son banc, son long voile noir ondulant doucement sous la brise.

Elle tenait un livre, les mains nues, et il sentit son corps réagir immédiatement à la vision de ces délicates mains d'ivoire. C'était fou. Jamais jusqu'alors une femme ne lui avait fait un tel effet…

Incapable de refréner son désir, il approcha lentement, sans quitter des yeux ses mains pâles et si graciles ; déjà, il les imaginait effleurant son torse, puis caressant son ventre. Quand il fut près d'elle, il remarqua trois petites taches de rousseur entre son pouce et son index, assez distantes les unes des autres pour qu'il puisse les embrasser tour à tour. Il mourait d'envie de tomber à genoux devant elle, de porter sa main à ses lèvres, et d'embrasser ces ravissantes petites marques, puis de les lécher, comme pour préparer cette main si délicate à le caresser...

Oui, il imaginait déjà cette main en train d'aller et venir sur son sexe durci. Plus que tout, il voulait sentir ses doigts fins l'effleurer, le caresser, le torturer délicieusement. Cela faisait si longtemps qu'il n'avait pas éprouvé le simple plaisir de caresser une femme... Ou d'être caressé.

Il se tint debout à côté d'elle, contemplant sa tête penchée, dissimulée par son bonnet.

— Je déteste l'aube, dit-il. Ce n'est que l'envie de vous revoir qui m'a tiré de mon lit à une heure si matinale.

Elle releva la tête et l'étudia derrière son voile.

— Moi, j'adore le matin. C'est un moment de calme et de tranquillité infinie... des heures parfaites pour réfléchir et se souvenir. C'est le seul moment de la journée où j'ai l'impression d'être entièrement moi-même.

Adrien la scruta avec encore un peu plus d'attention. Ces paroles énigmatiques n'avaient fait qu'attiser sa curiosité. Qu'est-ce qui l'amenait ici ? Pleurait-elle un fiancé perdu ?

Un amant ?

Avait-elle l'habitude de venir là pour rencontrer un autre homme ?

Cette simple pensée faillit le rendre fou, et la violente pointe de jalousie qui l'envahit le stupéfia.

Elle lui appartenait...

— Voulez-vous que nous fassions quelques pas ? proposa-t-il en lui offrant son bras, tout en s'efforçant de contenir ses émotions.

Non, il n'allait pas se laisser submerger par de telles

pensées ! Il refusait d'imaginer qu'elle puisse être là pour rencontrer un autre homme que lui !

Ils firent quelques pas et, tout à coup, elle s'arrêta devant une statue représentant une femme à genoux, les deux mains tendues devant elle comme en une supplique silencieuse. La femme de pierre portait une longue robe, et un voile dissimulait son visage.

— Celle-ci est ma préférée, dit-elle.

Il l'observa, fasciné, tandis que, d'une main, elle caressait la sculpture, glissant lentement de l'épaule de pierre jusqu'à la taille de la statue.

C'était comme s'il sentait sa main délicate caresser sa propre peau nue. Oui, rien qu'en la regardant, il imaginait les doigts fins d'Emmy courir le long de son corps, attisant encore un peu plus le feu qui brûlait en lui.

Oh, comme il aurait voulu qu'elle le caresse comme ça, qu'elle le regarde comme elle regardait la statue ! Il brûlait de le lui demander, de l'implorer, mais il se força à rester silencieux, hypnotisé par le spectacle des mains d'Emmy, les imaginant en train de caresser sa peau enfiévrée de désir.

— Comme elle a l'air triste et délaissée, abandonnée dans ce petit coin envahi de bosquets et de ronces ! s'exclama Emmy. C'est comme si on l'avait oubliée là, la condamnant à des années de solitude, jusqu'à ce qu'elle se désagrège. Plus personne ne se souviendra d'elle. Plus personne, à part moi.

N'y tenant plus, Adrien attrapa la main d'Emmy, qui lui sembla minuscule au creux de sa large paume. Fragile, comme elle. Et il n'en éprouva que plus fort l'envie de la prendre dans ses bras, de la protéger, de la cajoler… De lui faire l'amour. Jamais il ne s'était senti à ce point lié à une femme, et ce qu'il ressentait allait bien plus loin que du simple désir.

— Depuis l'instant où je l'ai remarquée, elle m'a captivée, déclara Emmy. Dire qu'elle a été abandonnée ici, toute seule…

Emmy avait-elle été abandonnée ?

S'était-elle retrouvée seule dans ce vaste monde à cause d'un mari disparu trop tôt, ou d'un homme qui ne se souciait plus d'elle ?

Il ressentit l'urgent besoin de la questionner, mais elle le prit de vitesse.

— Je crois que c'est son visage, qui m'a touchée, expliqua-t-elle. Il est voilé, et pourtant, on peut tout à fait imaginer à quoi elle ressemble sous son voile et sa couronne de fleurs.

Il s'approcha un peu plus près d'elle.

— A votre avis, que signifie son voile ? demanda-t-il.

— Eh bien… je m'y connais très peu en art, répondit-elle d'une voix hésitante en baissant la tête, comme honteuse de cet aveu.

Du bout du doigt, il lui releva le visage, puis effleura sa joue à travers la dentelle. Comme il aurait voulu, à cet instant, plonger dans ses yeux.

— Vous n'avez pas besoin de savoir quoi que ce soit pour apprécier l'art, Emmy. Il vous suffit de laisser parler les émotions que le travail de l'artiste suscite en vous.

— Peut-être que le sculpteur la trouvait trop belle pour être placée dans un endroit aussi triste que ce cimetière. Ou peut-être que ce voile a été posé sur son visage afin que nous ne remarquions pas que cette femme n'est finalement pas si belle, que nous dépassions son apparence physique et prenions le temps de l'observer pour autre chose que sa beauté. Que voyez-vous en elle ?

— De la tristesse, de la solitude… et un irrépressible besoin.

Ce n'était pas la statue qu'il contemplait, mais Emmy, dont le visage lui suggérait les mêmes réflexions.

— Cette femme a besoin d'être aimée et comprise par un homme qui pourra la protéger, poursuivit-il. Un homme qui fera tout pour la satisfaire, qui ne dévoilera pas ses secrets, et sera toujours présent à ses côtés.

Emmy esquissa un faible sourire et voulut baisser la tête mais, d'un geste de la main, il l'en empêcha. Que n'aurait-il donné pour écarter son voile et contempler son visage, qu'il devinait magnifique ! Il imaginait des yeux dans lesquels un homme aurait pu plonger et se laisser dériver. Des lèvres sensuelles, créées pour être embrassées durant des heures, et offrir du plaisir à un homme. Une peau douce comme la soie, qu'il aurait pu caresser durant des nuits entières.

Emmy tourna son regard vers la statue.

— Puisque tu as le pouvoir et la grâce de regarder au-delà de mon masque, et de voir le vrai visage de mon âme…

Elle laissa passer un silence, puis reprit :

— Ce sont les vers d'Elizabeth Barrett Browning. Ils sont merveilleux, n'est-ce pas ?

Merveilleux, oui. Comme elle. Il serra un peu plus fort sa main, et la sentit frémir. Mon Dieu, comme il brûlait d'envie de la caresser ! Oui, plus que tout, il désirait sentir sa peau sous ses mains, avant qu'elle ne disparaisse dans le brouillard, le laissant de nouveau seul, frustré, impatient de la revoir.

— Emmy, vous me troublez tant ! avoua-t-il, incapable de se contenir plus longtemps. Je ne peux pas m'expliquer pourquoi, mais c'est ainsi. C'est bien plus qu'une attraction physique qui existe entre nous, c'est quelque chose que je n'avais encore jamais ressenti. Quelque chose de fort, de puissant, de magnifique…

— Chut! ne dites rien ! supplia-t-elle en s'avançant pour lui poser un doigt sur les lèvres. Les mots sont parfois trop difficiles à oublier. Avec le temps, les souvenirs s'effacent, mais les mots demeurent présents à notre mémoire. Ils envahissent nos esprits, nos cœurs, et finissent par nous hanter.

— Mais ce que j'éprouve pour vous défie les mots, Emmy. Jamais je n'ai connu de sentiment aussi fort que ce que je ressens pour vous !

Elle oscilla, comme frappée par cet aveu, et il lui attrapa le bras pour la retenir.

— Laissez-moi partir ! s'exclama-t-elle dans un souffle. Vous ne comprenez pas ! Je ne suis pas celle que vous croyez !

— Etes-vous veuve ? Avez-vous été abandonnée par votre mari ? Etes-vous une femme… dédaignée… qui cherche un homme pour la satisfaire ? Dites-moi qui vous êtes, Emmy ! Je veux, et je dois le savoir.

— Je ne suis personne !

— Non, c'est faux ! Lorsque je ferme les yeux, tout ce que je vois, c'est vous ! Même en cet instant, je peux presque… sentir vos lèvres sur les miennes… Si vous saviez à quel point je vous désire, Emmy ! fit-il en l'attirant contre lui et en la serrant dans ses bras.

Chapitre 3

Avec un soupir, Amelia s'autorisa à se laisser aller contre le torse d'Adrien. La bataille intérieure qui faisait si profondément rage en elle était presque terminée. Aujourd'hui, elle mettrait de côté tous ses principes, et repousserait toutes ses peurs.

Oui, aujourd'hui, elle laisserait Adrien l'emmener dans ce voyage que lui seul pouvait lui faire accomplir.

Seul Adrien lui faisait éprouver de telles sensations ; seul Adrien lui permettait de se sentir femme. Dans leur petit univers, elle était presque son égale.

Oui, ici, il n'y avait plus qu'elle, Emmy, et lui, Adrien. Leurs vraies vies ne comptaient plus. C'était comme s'ils étaient seuls au monde, comme s'ils étaient le seul homme et la seule femme de l'Univers.

De fines gouttes de pluie commencèrent à tomber, et, lui tenant toujours la main, Adrien l'entraîna vers l'entrée d'une crypte que gardaient d'imposantes colonnes, à l'abri de la pluie, à l'abri du monde entier, et elle le suivit avec un sentiment de plénitude qu'elle n'avait jamais ressenti auparavant.

L'attrapant par la taille, Adrien la plaqua contre le mur, tandis qu'un roulement de tonnerre grondait dans le ciel. L'odeur de la pluie se mêlait aux senteurs de terre mouillée, mais Amelia sentait surtout le parfum d'Adrien, un mélange épicé, puissant et discret à la fois, teinté d'une légère odeur de tabac blond. Malgré la fraîcheur de la température, elle percevait la chaleur qui émanait de lui.

Adrien avait la tête penchée tout contre la sienne, et son souffle faisait légèrement onduler les quelques mèches de cheveux qui s'étaient échappées de son bonnet.

— Emmy, laissez-moi vous contempler, chuchota-t-il tandis que, du bout des doigts, il effleurait ses lèvres dissimulées par son voile.

Aussitôt, elle eut l'impression de perdre pied.

C'était impossible !

Il était hors de question qu'Adrien découvre à quel point elle était ordinaire. Non, elle n'avait rien de spécial, contrairement à ce qu'il avait l'air de croire. D'ailleurs, même si elle avait été aussi belle qu'il semblait l'imaginer, elle n'aurait pu retirer son voile.

Son visage et sa véritable identité devaient à jamais rester un mystère pour lui.

— Non, dit-elle en un souffle, c'est impossible.

— Emmy ! Je vous en prie !

Il déposa un baiser sur son front, tandis que ses mains se faufilaient sous le bord de son voile. Il effleura son cou, et, du bout du doigt, lui releva le menton, attirant son visage vers le sien.

Le tonnerre résonna de nouveau, et le ciel, envahi de lourds nuages, se fit sombre. A présent, l'alcôve était plongée dans l'obscurité, et Amelia en éprouva aussitôt du soulagement. Grâce au mauvais temps, son identité était protégée. Le visage d'Adrien était lui aussi dissimulé par la pénombre et, sans ses lunettes, ses traits lui paraissaient comme brouillés.

La pluie continua à résonner au-dehors, et durant de longues secondes, seul le martèlement des gouttes se fit entendre.

— Dites-moi ce que vous aimez, Emmy, demanda Adrien après cet instant de silence. Ce que vous désirez. Dites-moi qui vous êtes. Je vous apprendrai tout ce que vous voulez savoir à mon sujet. Jamais je n'exigerais de connaître vos secrets sans vous parler de moi en retour.

— Je sais déjà tout ce que j'ai besoin de savoir sur vous. Oui, je devine qui vous êtes, rien qu'en étant entre vos bras.

— Est-ce l'anonymat que vous recherchez ? Si c'est le cas, soyez assurée de mon silence. Je ne serai qu'Adrien, et vous, ma chère, vous serez Emmy, et nous viendrons nous retrouver ici, à Highgate, où personne ne nous découvrira.

Emmy ferma les yeux, incapable de croire qu'elle se trouvait bel et bien ici avec lui. Son fantasme le plus profond avait enfin pris vie ! Pourtant, elle détestait tromper ainsi Adrien. Si elle tenait à garder son anonymat, ce n'était pas pour les raisons auxquelles il semblait croire.

— Avez-vous déjà désiré être quelqu'un d'autre, Adrien ? Etre… différent de votre personnalité quotidienne ?

Elle le sentit frissonner contre elle.

— Oui, répondit-il. Pratiquement chaque jour de ma vie, j'ai souhaité être quelqu'un d'autre. Et quand je suis avec vous, Emmy, ce souhait est enfin exaucé. Je deviens un homme bien meilleur que je ne le suis en vérité.

— Je… Je n'ai pas l'habitude de me comporter ainsi… Rencontrer un inconnu et me livrer autant ! En fait, je n'ai jamais laissé quelqu'un découvrir ainsi mon âme.

— Moi non plus, Emmy.

— Pourtant, c'est ce que je veux, chuchota-t-elle en

se mordillant les lèvres. Je sais que je ne devrais pas… Je sais que vous ne… Combien tout ceci est mal !

Adrien s'empara de sa main et la posa contre son cœur. Sous son gilet, elle le sentait battre la chamade, et elle remarqua que son souffle se faisait de plus en plus court.

La tenant toujours, Adrien fit descendre sa main un peu plus bas, jusqu'à son ventre, puis sur la ceinture de son pantalon. Alors, il la poussa encore un peu plus bas, lui faisant sentir à quel point son sexe était dur. Emmy resta sans bouger, mais ne fit aucun geste pour retirer sa main.

— Faites ce que vous voulez, Emmy, dit-il en pressant sa main un peu plus fort contre son sexe.

Il ferma les yeux.

— Je pourrais vous offrir tout ce que vous souhaitez, Emmy. Tout ce dont vous n'avez même jamais rêvé !

Emmy poussa un petit gémissement, déchirée entre son désir et la raison. Elle mourait d'envie de le dévêtir, de refermer la main sur son sexe et de se presser contre lui, mais une petite voix lui criait qu'elle le regretterait.

— Laissez-vous aller, Emmy, et profitons de ce moment, dit-il en ouvrant les yeux. Accordez-vous ce plaisir, Emmy. Pour moi. Pour nous.

A cet instant, elle sut que la raison avait perdu la partie.

Il prit son visage entre ses mains, et, à la faveur de l'obscurité, elle ne le retint pas quand il dénoua le ruban qui retenait son voile et releva celui-ci jusqu'à trouver ses lèvres. Alors qu'il approchait sa bouche de la sienne, elle sentit son souffle doux comme une caresse, et elle laissa échapper un petit gémissement. Combien de fois avait-elle rêvé de cet instant ?

Frémissante, elle entrouvrit la bouche, le laissant insinuer sa langue entre ses lèvres. Il l'embrassa avec une infinie lenteur, leurs langues entamant un langoureux baiser, tandis qu'il lui caressait la gorge, jouant avec son collier.

Ce fut un baiser qui semblait ne jamais devoir finir, et, peu à peu, Amelia se laissa tout entière envahir par le désir, un désir d'une force inouïe, presque animal, et elle se cramponna au pan de la redingote d'Adrien, se frottant sans vergogne contre son sexe qu'elle sentait dur comme la pierre sous le pantalon.

Adrien s'écarta légèrement, puis, doucement, il releva encore un peu plus son voile.

— Vous avez un parfum d'innocence, murmura-t-il en posant les lèvres sur sa gorge, mais votre peau a le goût du péché. Du péché interdit, mais si tentant…

Rejetant la tête en arrière, Amelia le laissa embrasser sa gorge avec force, sachant déjà qu'il allait y laisser des marques qu'elle devrait dissimuler. Mais, pour l'instant, peu lui importait.

Tout ce qu'elle voulait, c'était aller plus loin encore.

— Depuis quand, Emmy ? demanda-t-il, continuant à déposer des baisers dans son décolleté. Combien de temps cela fait-il ?

Tout en parlant, il repoussa les pans de la cape noire qui la protégeait, et elle sentit ses mains puissantes errer sur sa taille à la recherche des boutons de sa robe, qu'il défit avec lenteur, tout en continuant à l'embrasser. D'un geste sûr, il la libéra de sa robe jusqu'à la taille, et elle poussa un petit soupir de plaisir lorsque la main d'Adrien se glissa dans son corset, sous la fine chemise de batiste, et qu'il se saisit de son sein, le libérant de sa prison. Il s'ingénia alors à le titiller, et à en exciter la pointe du bout des doigts.

— Cela fait bien trop longtemps qu'un homme ne vous a pas fait l'amour, n'est-ce pas, Emmy ? Je peux presque entendre votre corps réclamer des caresses, dit-il en effleurant le contour de son sein. Vous avez une poitrine merveilleuse, faite pour contenter un homme... faite pour être aimée par une bouche virile, fit-il en traçant de lentes arabesques autour de la pointe raidie de ses seins.

Incapable de supporter la merveilleuse torture qu'il lui infligeait, elle se tortilla sous ses caresses, gémissante, tandis que des étincelles de plaisir fusaient en elle.

Une douce humidité l'envahissait déjà, et elle mourait d'envie de plonger ses doigts dans les boucles de ses cheveux pour guider sa bouche jusqu'à sa poitrine. Comme s'il avait eu conscience de son désir, Adrien pencha un peu plus la tête vers elle, et fit courir le bout de sa langue sur son sein. De nouveau, le plaisir l'envahit et elle se mit à pousser de petits cris, s'agrippant à lui pour ne pas tomber. Elle avait le sentiment que ses pieds ne la portaient plus, et que c'était Adrien, et ses caresses enivrantes, qui la tenait debout...

Il libéra son autre sein, et blottit son visage entre ses deux monts parfumés, alors que ses mains descendaient le long de sa taille, puis agrippaient ses fesses, avant de l'attirer tout contre lui pour prendre son sein en bouche, et le sucer avec passion.

Amelia gémit et cria son nom, tout en enfouissant ses doigts dans ses cheveux, l'agrippant et se déhanchant au rythme de sa bouche. Tout à coup, elle sentit l'air frais sur ses fesses alors qu'Adrien venait de soulever la jupe de sa robe et son jupon par-derrière.

— Tu as des fesses superbes, Emmy, dit-il, les lèvres posées sur sa gorge, tout en la caressant à travers ses sous-vêtements, si délicieusement rondes et pleines !

Ses doigts errèrent sur son sillon, explorant son intimité, puis sa paume se plaqua sur son sexe.

— Hmm, tu es toute mouillée… et si chaude ! Tu as été créée pour le plaisir, Emmy. Je voudrais te faire jouir pendant des heures… Et toi ? Te sens-tu capable de m'exciter et de me baiser pendant des heures, Emmy ?

Se penchant vers lui, Amelia enfouit son visage dans ses cheveux, et ferma les yeux, incapable de s'autoriser à lui répondre.

— Est-ce que je t'ai choquée ? demanda-t-il.

Elle secoua la tête, et se laissa aller à poser ses lèvres sur sa nuque.

— Tu ne devrais pas l'être, tu sais. Dans mes rêves, je te baise de toutes les façons possibles. Je pose ma tête entre tes cuisses, et je lèche ton sexe, à n'en plus finir, jusqu'à ce que tu cries de plaisir.

Quelle ironie !

Dire qu'elle s'était parfois trouvée si proche de lui, qu'elle avait senti son souffle sur elle, mais que lui n'avait jamais deviné que c'était elle, qui se trouvait là, si près, cette femme qu'il venait retrouver tous les mardis matin, ici, à Highgate.

Et pourtant, tout en ignorant son identité, il avait pensé à elle, et avait même fantasmé à son sujet.

C'était bien plus qu'elle n'avait osé l'espérer !

— C'est ce que tu veux, Emmy ? Des heures de plaisir ? Tu as envie de moi ?

— Oui ! cria-t-elle tandis qu'il plaquait de plus belle sa main contre son sexe.

Dans son dos, le mur de pierre était froid contre sa peau, mais elle s'en moquait. A cet instant, plus rien n'avait d'importance que ce qu'Adrien était en train de lui faire. Que ce qu'il allait lui faire…

S'enhardissant, elle posa une main sur sa tête, et, d'un geste, l'incita à descendre le long de son corps. Il obéit à sa prière muette et se laissa glisser contre elle, relevant sa lourde robe au passage, exposant ses cuisses nues. Lorsque ses lèvres les effleurèrent, elle frissonna, et, quand sa bouche se posa sur son sexe, elle gémit, transportée par son souffle chaud à travers sa culotte mouillée de désir.

— C'est si bon ! haleta-t-elle tandis que, à travers le tissu, elle sentait sa langue jouer avec le point le plus sensible de son être.

Elle aurait voulu le supplier de lui arracher sa culotte, et sentir enfin sa langue si adroite courir sur toutes les parties de son corps nu.

Comme s'il avait entendu sa prière silencieuse, Adrien écarta sa petite culotte, et enfin, enfin, elle sentit sa bouche sur son sexe brûlant. Elle gémit de plus belle, s'agrippant à ses cheveux, se plaquant contre lui.

Adrien l'attira à lui, et il lui fit poser une jambe sur son épaule. Puis, avec délicatesse, il écarta son sexe du bout des doigts afin de pouvoir la lécher, encore et encore.

Noyée dans le plaisir, Amelia crut qu'elle allait défaillir.

Ses jambes tremblaient, ses tétons étaient de plus en plus durs, et ses seins tressautaient tandis qu'elle se déhanchait de plus belle sous les assauts de la langue d'Adrien. Il l'entraînait de plus en plus loin vers le plaisir, continuant à la lécher, à l'aspirer et à la titiller jusqu'à ce qu'elle n'en puisse plus. Alors, elle connut le plaisir suprême, et se cramponna à lui pour ne pas tomber.

Il l'aida à s'agenouiller, et chercha sa bouche tandis qu'il glissait un doigt en elle, plongeant au plus profond de son intimité, si profond qu'elle gémit de nouveau.

— J'ai envie de te pénétrer, marmonna-t-il. Laisse-moi te prendre, Emmy !

Il s'écarta légèrement, et, lui prenant la main, il la lui fit glisser dans son caleçon. D'instinct, elle resserra ses doigts autour de son sexe dur, stupéfaite par la douceur satinée de sa peau. Dur comme la pierre et doux comme la soie. Exactement le genre de sentiments contradictoires qui la traversaient quand elle pensait à lui, et encore plus quand il la touchait.

Elle commença à faire aller et venir sa main sur son sexe, ravie de le sentir durcir encore sous sa paume, et, très vite, le souffle d'Adrien se fit de plus en plus court.

— Oui ! haleta-t-il en lui effleurant la joue.

Ses longs doigts, chauds et fermes, se posèrent sur sa gorge tandis qu'il respirait de plus en plus vite, ses lèvres à quelques millimètres seulement des siennes.

— C'est si bon, Emmy ! Je veux que tu me fasses jouir ! déclara-t-il en cambrant les hanches d'arrière en avant, l'encourageant à le caresser encore plus vite, encore plus fort. Tu as des doigts de fée… je vais jouir, oh oui, je vais jouir… mais je voudrais jouir entre tes seins.

Et avant qu'elle ait pu lui demander de répéter, il prit sa main et l'écarta de son sexe, qu'il positionna entre ses seins, le faisant aller et venir au creux de sa douce vallée. Ses assauts se firent de plus en plus frénétiques, et elle sentit son sexe devenir encore plus dur entre ses seins gonflés, plus ferme, et les râles de plaisir d'Adrien ne faisaient qu'attiser son propre désir. Cette manière de faire était… inattendue, mais tellement excitante ! A son tour, elle laissa échapper un gémissement, et au même moment, il enfouit son sexe un peu plus profondément au creux de ses seins, qu'elle pressa contre lui, l'enfermant en une délicieuse prison.

— Est-ce qu'on t'a déjà baisée ainsi, Emmy ? chuchota-t-il dans la pénombre. Est-ce qu'un homme a déjà joui sur toi de cette façon, sans pouvoir se retenir tant tu l'excitais ?

Mon Dieu ! Qu'était-il en train de dire ?

Il ne lui laissa même pas le temps de répondre et, se laissant aller, inonda ses seins de son plaisir.

— C'était merveilleux, Emmy, chuchota-t-il, mais… tu sais… je n'avais pas l'intention de jouir aussi vite. Laisse-moi juste quelques instants, et je serai prêt à te donner du plaisir. Je vais m'enfoncer en toi, et je te promets… tu ne regretteras rien. Je te prendrai par-derrière, ajouta-t-il d'une voix tremblante, comme si les mots qui sortaient de sa bouche avaient déjà réveillé son ardeur, et quand tu seras déjà en train de jouir, je glisserai un doigt entre tes fesses… tu verras, je te ferai jouir comme jamais…

— Je ne peux pas…

Soudain, malgré l'excitation que les mots d'Adrien avaient provoquée en elle, la réalité reprit le dessus, chassant la passion qui s'était emparée d'elle.

— Je ne dois pas faire cela. Je ne peux pas être la femme dont tu as besoin, bredouilla-t-elle, en se tortillant pour remonter sa jupe, et réajuster son corset.

— Mais tu es la femme que je veux, Emmy !

— Tu ne comprends pas ! Je ne suis pas… Crois-moi, cela ne fonctionnera jamais.

Elle tendit la main vers son voile, qui était remonté sur son bonnet. Le rabaissant, elle couvrit son visage.

— Je n'avais jamais cru au destin avant de te rencontrer, Emmy, déclara Adrien d'un ton solennel. Pourtant, depuis ce premier instant où je t'aie vue, j'y crois. Je sais que tu es ma destinée, et même si tu essaies de m'échapper, je te retrouverai. Je te promets de préserver ton anonymat. Je ne te poserai aucune question qui te mettrait dans l'embarras. Tout ce que je te demande, c'est de ne pas mettre un terme à ce qui vient tout juste de commencer.

Amelia se mordit la lèvre pour retenir la promesse

qui lui brûlait les lèvres. Comment pourrait-elle refuser d'accéder à sa demande quand il lui parlait de cette voix caressante ? Et surtout, comment pouvait-elle nier ce que son cœur réclamait ?

— Mardi prochain, je viendrai avec mon attelage, reprit Adrien. Nous fermerons tous les rideaux, et l'intérieur sera aussi sombre que la nuit, si seulement tu acceptes de me rencontrer encore.

Relevant son voile au-dessus de sa bouche, elle se haussa sur la pointe des pieds, et déposa un léger baiser sur ses lèvres. Il tendit la main pour la caresser, mais elle s'écarta de lui, et se précipita à l'entrée de l'alcôve.

Avant de quitter les lieux, elle s'arrêta un instant, et lui jeta un dernier regard par-dessus son épaule.

— Promets-moi, Emmy, promets-moi que tu reviendras ! la supplia-t-il.

— Je te le promets, répondit-elle, avant de s'enfuir sous la pluie.

Chapitre 4

Bien après son retour, Amelia se rendit compte que son cœur battait toujours la chamade et qu'elle avait le souffle court.

Dès qu'elle songeait à Adrien et au moment érotique qu'ils avaient partagé ce matin, une rougeur envahissait ses joues. A l'évidence, quelqu'un n'allait pas tarder à le remarquer, mais comment pourrait-elle dissimuler ce feu qui teintait son visage, au seul souvenir d'Adrien ?

— D'où vous vient cette rougeur, Amelia ?

Amelia remarqua soudain que lady Sophie, qui se tenait près de la fenêtre, l'observait. Comme toujours, du reste. Depuis qu'elle travaillait pour lady Sophie, Amelia avait l'impression que sa maîtresse la scrutait et épiait ses faits et gestes à longueur de journée, comme si elle cherchait en permanence à la prendre en défaut.

Lady Sophie avait des yeux de lynx, et Amelia avait souvent l'impression d'être sa proie.

— Etes-vous malade ? Vos joues sont aussi rougeoyantes que vos cheveux !

D'instinct, Amelia glissa une main dans ses cheveux, coiffés en un chignon sévère. Aucune mèche ne s'était échappée des nombreuses épingles qui le maintenaient en place. C'était au moins ça, songea-t-elle. Inutile d'avoir, en plus, une apparence négligée. Le trouble qu'elle ressentait était déjà bien suffisant.

Pourquoi diable s'était-elle lancée dans cette mascarade ? Pourquoi avait-elle entamé une liaison qui ne pourrait que lui briser le cœur ? Son histoire avec Adrien ne conduirait qu'à la désillusion. N'était-elle pas bien placée pour savoir que tout ceci n'était qu'un rêve impossible ?

— Eh bien ! Je vous ai posé une question ! s'exclama lady Sophie. Etes-vous devenue muette ?

— Non, madame, bredouilla Amelia. Je me sens tout à fait bien.

— Vous devez être trop vêtue ! fit remarquer lady Sophie en plissant les yeux pour mieux l'observer. A quoi vous sert cette chemise à col haut sous votre robe ? Sans compter qu'on étouffe dans cette pièce, avec ce feu si fort dans la cheminée…

Amelia posa aussitôt sa main sur sa gorge. Désirant cacher les marques de passion qu'Adrien avait laissées sur son cou, elle avait espéré que son petit fichu de dentelle ne se remarquerait pas, mais à l'évidence, lady Sophie l'avait tout de suite repéré. Décidément, rien n'échappait à ses yeux, pas même le plus petit détail.

— Et cette poussière, sur vos bottines ! ajouta lady Sophie. Où diable êtes-vous allée pour vous salir ainsi ?

— J'ai dû faire une course ce matin, madame. Je crois que… Je n'ai pas dû les frotter suffisamment sur le paillasson.

— Cela me semble évident ! rétorqua lady Sophie d'un ton hautain. Ah, voici enfin le thé !

La gouvernante venait d'entrer dans la pièce, portant entre ses mains un plateau d'argent chargé d'un élégant service à thé en porcelaine de Chine.

— Est-ce mon frère que j'entends dans la pièce voisine ? demanda lady Sophie en tendant le cou vers la porte entrouverte. Que fait-il ?

A son tour, Amelia regarda par la porte entrebâillée. Une silhouette se tenait près de la fenêtre. Une silhouette qui lui était douloureusement familière, songea-t-elle, tandis qu'elle remarquait que les rayons du soleil mettaient en valeur ses épaules puissantes et illuminaient ses cheveux sombres. Durant de longues secondes elle resta à le contempler, séduite par sa beauté virile et le souvenir de ses mains en train de la caresser.

— Eh bien, Amelia ? demanda lady Sophie d'un ton impatient. Est-ce lui ?

— Oui, madame.

De nouveau, les souvenirs affluèrent à l'esprit d'Amelia. Elle se revit, cramponnée à Adrien, pendant qu'il l'embrassait avec passion.

Faites ce que vous voulez, Emmy.

L'écho de ses paroles sensuelles la fit frissonner. Elle ferma les yeux un bref instant, essayant de repousser ses souvenirs, sans y parvenir.

— Informez-le, je vous prie, que j'aimerais prendre le thé avec lui, dit lady Sophie.

Je vous en prie, ne me demandez pas de m'adresser à lui. Ne m'obligez pas à attirer son attention sur moi.

Elle ravala les mots qu'elle aurait voulu crier, et, obéissante, elle fit un pas vers la porte. Mais à son grand soulagement, elle n'eut même pas besoin de prononcer un mot : le frère de lady Sophie s'était détourné de la fenêtre et avançait vers elle. Surprise, elle recula d'un pas, et, concentrant toute son attention sur le plateau, elle s'apprêta à servir le thé, essayant de se rendre invisible derrière la théière.

— Est-ce vous, ma chère sœur, que j'entends donner des ordres ?

Au son de cette voix, Amelia se sentit fondre. Elle se souvint des mots passionnés qu'Adrien lui avait murmurés à l'oreille.

Grand Dieu ! Elle était incapable de le regarder. Jamais elle ne pourrait croiser ces yeux qui l'hypnotisaient presque.

— Ah ! Wallace, vous voici enfin ! Je vous en prie, venez vous joindre à moi, proposa lady Sophie. La gouvernante vient juste d'apporter le thé.

Sans lui jeter un seul coup d'œil, il avança sur le somptueux tapis persan en direction du canapé sur lequel lady Sophie, vêtue d'une magnifique robe de soie rose, s'était installée. Amelia trouvait cette robe splendide, mais elle savait que, pour lady Sophie, ce n'était qu'une banale robe qu'elle portait au quotidien.

— Bonjour, Sophie, murmura Adrien en se penchant pour déposer un léger baiser sur la joue de sa sœur. Vous êtes magnifique, comme toujours.

— Bonjour, Wallace. Je ne vous ai pas vu, ce matin, au petit déjeuner.

Amelia était incapable de continuer à penser à lui en tant que lord Wallace. Dans son esprit, il n'était pas comte, mais simplement, Adrien.

— J'avais un rendez-vous, déclara Adrien.

A cet instant précis, il se tourna, et son regard se porta sur Amelia.

Elle fit un effort surhumain pour ne rien laisser paraître de son trouble.

Que voyait-il ?

Etait-il au courant ?

Avait-il deviné quelque chose ?

Rien dans ses yeux ne permettait de le croire, et

Amelia eut l'impression que l'on venait de serrer son cœur dans un étau.

Elle aurait dû être contente qu'Adrien ne la reconnaisse pas, et pourtant… c'était tout le contraire. Mon Dieu, elle n'avait jamais rien ressenti de tel. Ce qu'elle éprouvait, pour l'heure, était un curieux mélange de déception et de résignation. De peine, aussi, bien qu'elle sache qu'il était tout à fait normal pour Adrien de la regarder sans vraiment la voir. Inutile de se leurrer. Leurs mondes étaient fort différents !

— Vous pouvez servir le thé, ordonna-t-il.

Amelia hocha la tête, prit la délicate théière entre ses mains, puis commença à verser le thé dans les tasses. Un nuage de vapeur brouilla les verres de ses lunettes, et, relevant la tête, elle aperçut son reflet dans le miroir, au-dessus du buffet.

Quelle image ce miroir lui renvoyait-il ? Celle d'une femme belle et mystérieuse ? Une femme capable d'entretenir une liaison secrète ?

Alors que la vapeur s'effaçait de ses lunettes, elle eut soudain une pleine conscience de son apparence ; elle remarqua sa robe noire, très ordinaire, le petit tablier de dentelle blanche, ainsi que sa toque, blanche, elle aussi, qui dissimulait sa chevelure flamboyante.

A cet instant, elle comprit ce qu'Adrien voyait en face de lui.

Une domestique.

C'était là l'impitoyable vérité.

Elle, Amelia Cartwright, n'était rien d'autre qu'une servante. Une employée qui avait eu la malchance de tomber amoureuse de son maître.

*
* *

Il l’observa à la dérobée pendant qu’elle versait le thé. Durant ces deux dernières années, elle lui avait servi le thé une bonne centaine de fois. Pourtant, aujourd’hui, tout était différent. Aujourd’hui, il connaissait la douceur de ses lèvres, se souvenait du parfum de son sexe sur ses doigts. Il avait savouré le goût de sa peau; tout comme celui de sa jouissance sur ses lèvres pendant qu’elle s’offrait à lui.

Mlle Amelia Cartwright, songea-t-il tout en la contemplant, alors qu’elle lui tendait une tasse posée sur une soucoupe. Il détacha son regard de sa main, celle qui lui avait fait perdre la raison ce matin même, et plongea son regard dans ses yeux adorables, dont les magnifiques iris bleus étaient en partie dissimulés derrière ses lunettes.

Il s’empara de la tasse et effleura délibérément ses doigts. Il l’entendit pousser un petit halètement de surprise, et sentit son regard rivé sur lui, mais il feignit l’ignorance, tout en contemplant les trois petites taches de rousseur sur sa main. Comment réagirait-elle, sa jeune et belle servante, si elle savait quelles pensées agitaient l’esprit de son maître, en cet instant ?

— Merci, dit-il d’une voix douce tout en cherchant son regard.

Il venait de rompre le protocole en la remerciant devant sa sœur, et pourtant, Amelia abordait une expression parfaitement neutre. Elle était aussi forte pour dissimuler ses émotions que pour en faire naître d’autres, bien plus fulgurantes, songea-t-il en réprimant un sourire de contentement au souvenir des caresses qu’elle lui avait prodiguées.

Mais quand elle s’inclina devant lui avec une légère

révérence, il n'eut plus envie de sourire. Bon sang, son visage n'exprimait tellement rien que c'était à se demander s'il n'avait pas rêvé la scène de ce matin.

En la regardant, personne n'aurait jamais deviné qu'elle s'était trouvée à demi nue dans ses bras, ce matin, son sexe frémissant sous les coups de langue qu'il avait tant aimé lui donner. Rien ne laissait transparaître leur complicité passée, pas même la moindre rougeur sur ses joues.

Se calant dans son fauteuil, il l'observa à la dérobée tandis qu'elle terminait de servir le thé.

Après tout, ce n'était pas lui qui avait tenté de lui dissimuler son identité. Ce matin, elle savait parfaitement qui il était, lorsque ses doigts s'étaient enfouis en elle, lorsque sa bouche l'avait fait frissonner et crier son plaisir.

Et à présent, il connaissait l'identité de la sublime inconnue qui lui avait donné tant de plaisir ce matin.

Mlle Amelia Cartwright.

Sa servante parfaite.

Son obsession secrète.

Cela faisait deux ans qu'il la désirait, et l'observait lorsqu'elle n'en avait pas conscience. Oui, depuis deux ans, il avait été tiraillé entre le désir qu'il éprouvait pour elle et ces règles stupides qui édictaient qu'un homme de sa condition, possédant un titre de comte, ne devait pas s'enticher d'une domestique.

Pourtant, il était bel et bien tombé amoureux de cette femme qui s'était proposée comme servante. Son apparence stricte mêlée à son visage langoureux et à sa démarche sensuelle l'avait intrigué.

L'artiste en lui avait vu la passion et l'intelligence de cette belle âme. En revanche, le comte qu'il était avait, à regret, chassé toute pensée sulfureuse. Et alors que l'artiste ne pouvait s'empêcher de la contempler, se demandant à quoi ressemblerait cette magnifique chevelure auburn, si Amelia la libérait et la laissait tomber sur ses épaules, le comte s'était efforcé de repousser tous ses désirs naissants, s'obligeant à se rappeler qu'Amelia était de condition inférieure à lui.

Elle n'était qu'une servante.

Elle faisait partie des domestiques, et, à ce titre, devait rester invisible à ses yeux. Ce n'était pas le genre de femme à qui on adressait la parole, et même si de nombreux hommes de son rang s'étaient, à l'occasion, entichés d'une de leurs servantes, aucun d'eux n'avait jamais commis l'outrage d'abandonner son cœur à une femme de classe inférieure.

Pourtant, même si le comte qu'il était avait tout fait pour mettre de la distance entre Amelia et lui, son côté artiste n'avait jamais réussi à s'empêcher de songer à elle. La femme qu'il désirait était sa servante, et depuis ce matin, il avait compris, à son plus grand désarroi, qu'il la désirait sur tous les plans. Non seulement charnel, mais aussi spirituel, et émotionnel.

Oui, Amelia était la femme qui pourrait le satisfaire aussi bien au lit qu'en dehors. Elle était intelligente et s'exprimait parfaitement, malgré son humble naissance. Elle appréciait l'art et la littérature, tout comme la beauté de la nature. Et, à l'évidence, elle savait se montrer passionnée. Elle pourrait comprendre son âme d'artiste tout en aimant son cœur solitaire.

Depuis deux ans, comme s'il avait pressenti la perle qui se cachait derrière le masque du désir, il avait tout fait pour passer le plus de temps possible auprès de celle qui enfiévrait sa vie. Tout en sachant qu'elle n'était pas pour lui, il avait rêvé tout ce qu'ils auraient pu faire ensemble.

Combien de nuits s'était-il aventuré devant sa porte,

priant en silence pour qu'aucune des autres servantes ne le surprenne dans l'aile réservée aux domestiques ?

Combien de nuit avait-il souhaité la tirer hors de son lit et l'entraîner dans sa chambre, où son propre lit aurait été le champ de leurs ébats ? Après avoir fait l'amour, ils auraient discuté, et ri, oubliant toutes les différences de leurs conditions respectives.

Il l'aurait peinte, allongée sur les draps, pendant qu'elle savourerait une boîte de chocolats fins, ne portant rien d'autre qu'un luxueux bijou qu'il aurait fait fabriquer exprès pour elle par l'orfèvre le plus réputé.

Il voulait la gâter, lui prodiguer de l'attention et l'ensevelir sous les cadeaux. Ce qu'il désirait, c'était qu'elle découvre l'homme qu'il était, pas le comte de Wallace, ni l'artiste, et encore moins son maître !

Plus il la regardait s'affairer avec le thé, plus il se sentait de mauvaise humeur. Pourquoi tant de barrières entre eux ?

Amelia continuait son service, l'ignorant allègrement. Il brûlait d'envie de lui demander si elle avait apprécié sa matinée de liberté, juste pour voir si elle allait rougir ou montrer la moindre trace d'émotion.

Avait-elle apprécié ses baisers ? Sa bouche entre ses cuisses ? Regrettait-elle son départ précipité ? Aurait-elle aimé rester plus longtemps et faire l'amour avec lui ? Aurait-elle aimé qu'il mette à exécution le délicieux programme qu'il lui avait chuchoté à l'oreille ?

Rien que d'y repenser, une chaleur intense le parcourait, attisant encore le désir qu'il ressentait pour elle, un désir que rien ne semblait pouvoir apaiser. Un désir de tous les instants. Malgré l'incroyable jouissance qu'elle lui avait donnée ce matin, il avait toujours autant envie d'elle. Son esprit était envahi d'images d'elle lui offrant son corps, le suppliant de la faire jouir.

Tourmenté par ces images, il posa violemment sa tasse sur la table basse. Des gouttes de thé éclaboussèrent la surface vernie, mais il ignora l'incident, et ferma les yeux. Pourquoi ces images sulfureuses refusaient-elles de le quitter, et d'où venait cette sourde colère qu'il ne pouvait s'empêcher d'éprouver ?

Il avait besoin de parler à Amelia, et de la sentir tout contre lui. Hélas, les maîtres ne s'adressaient pas à leurs servantes. D'ailleurs, les personnes de son rang n'étaient même pas censées remarquer que leurs domestiques vivaient et respiraient le même air qu'elles, et pouvaient avoir des désirs, voire des rêves.

Pourtant, quoi qu'en dise le code des bonnes manières, chaque cellule de son corps avait une conscience aiguë de la présence d'Amelia Cartwright à côté de lui.

Emmy...

— Veuillez nous laisser, à présent ! ordonna soudain sa sœur.

D'un geste négligent de sa main lourde de joyaux, elle fit signe à Amelia de quitter le salon, comme si elle n'était qu'un vulgaire insecte tournoyant autour de sa tasse de thé. Fou de rage, Adrien serra les dents et tenta de garder son calme, même s'il savait que son visage devait trahir sa colère.

Bon sang ! Il refusait qu'Amelia soit traitée de cette façon. Hélas, s'il disait quelque chose, s'il réprimandait sa sœur devant une servante, cela ne ferait qu'attirer l'attention sur Amelia… et sur ses sentiments.

Il se força donc au silence, et regarda Amelia s'incliner de nouveau, avant de quitter la pièce.

— Vous n'y songez tout de même pas sérieusement,

lord Wallace ! s'exclama Sophie lorsque la porte se referma derrière Amelia.

— A quoi devrais-je songer sérieusement, Sophie ?

— Ne faites pas l'ignorant, vous savez très bien de quoi je veux parler ! De cette servante !

— Elle a un prénom, il me semble, marmonna-t-il.

— Le simple fait que vous le connaissiez prouve à quel point vous êtes déjà en danger, Adrien ! Vous savez, je vous ai observé, durant cet hiver. Le désir qu'elle vous inspire crève les yeux ! Et je trouve ça… répugnant !

— Taisez-vous ! s'exclama-t-il en bondissant de son fauteuil. Vous et moi sommes bien placés pour savoir que l'argent et un statut social élevé n'apportent en aucun cas le bonheur. Notre enfance a été un véritable enfer ! Vous avez été aux premières loges pour voir à quel point une union de convenance peut conduire à un mariage désastreux.

— Adrien…

— Il suffit ! ordonna-t-il. Ne vous avisez pas de me dire ce qui est bon ou pas ! Je ne veux pas entendre un mot de votre bouche, alors que vous ignorez tout de l'amour !

Sophie poussa un hoquet de surprise, comme s'il venait de la gifler, et il se rendit soudain compte que sa sœur était pâle comme la mort.

— Il… Il vous faut mettre un terme à cette liaison, Adrien, déclara-t-elle, les lèvres tremblantes. Vous devez vous rendre compte que cette femme ne pourra jamais être vôtre !

— Croyez-vous donc que je l'ignore ? explosa-t-il. J'en perds presque le sommeil ! Je sais ce que je dois à mon rang, Sophie, mais je…

Sa voix se perdit dans un souffle, et il sentit sa colère

s'évanouir, remplacée par un autre sentiment. Il se sentait désemparé. Perdu.

— Je ne peux m'en empêcher, reprit-il. Je ne peux penser à aucune autre femme. Je ne peux m'empêcher de croire… et d'espérer.

Il s'interrompit et chercha le regard de sa sœur.

— L'espoir est tout ce qu'il me reste, Sophie.

Les yeux de Sophie devinrent tristes, et il crut même y voir perler une larme, mais cela ne dura qu'un instant.

— Votre réputation pourrait tout à fait y survivre, Adrien. Si jamais on apprend que vous avez été intime avec votre servante, cela ne sera considéré que comme un petit intermède divertissant dans votre passé. Mais pensez à elle… Pensez à…

— Amelia. Elle s'appelle Amelia.

Emmy…

— Amelia n'est pas de notre condition, Adrien. Rien ne pourra effacer ses origines. Il vous est impossible d'y changer quoi que ce soit ! Et si vous ne pouvez pas refréner vos pulsions, si vous ne pouvez le faire pour vous, alors au moins, faites-le pour elle ! Faites-le parce que vous l'aimez assez pour la laisser partir, pour lui épargner les médisances qui ne manqueront pas de lui revenir en pleine face. Oui, épargnez-lui l'embarras et le sentiment d'infériorité qu'elle ne pourra s'empêcher d'éprouver lorsqu'elle sortira en société avec vous. Vous savez très bien qu'elle ne sera jamais acceptée par les nôtres, jamais bien accueillie. Lorsque vous serez ensemble, elle se sentira toujours inférieure à vous, et à tous ceux que vous rencontrerez. Pensez un peu au chagrin que cela lui causera, à la honte qu'elle éprouvera, et aux conséquences que cela aura sur votre relation. Peu à peu, elle finira par vous détester, vous… et l'amour que vous lui portez, Adrien.

Adrien tourna la tête, comme si cela pouvait suffire à ne pas entendre ce que sa sœur venait de lui dire. Il savait qu'elle avait raison, et il la détestait pour cela. Et il se maudissait plus encore de son impatience à retrouver Amelia.

Plus que quelques jours… et on serait de nouveau mardi.

Chapitre 5

La pluie tombait à tout rompre. Insouciant du vent et des trombes d'eau, Adrien s'agrippa à la grille du cimetière, contemplant d'un air désespéré l'endroit où il avait, une fois, tenu Emmy entre ses bras.

Hélas, en ce jour, la réalité était toute autre. Emmy n'était pas là. D'instinct, il sut qu'il ne la verrait pas à Highgate aujourd'hui, ni aucun autre jour.

Il l'avait fait fuir !

S'écartant de la grille, il recula d'un pas, et, d'un geste rageur, chassa les gouttes de pluie qui lui brouillaient la vue. Ignorant les éclairs de tonnerre, il fit un autre pas en arrière, puis un autre, comme incapable de se détourner de la statue qu'Emmy admirait tant.

Comme il lui en voulait de ne pas revenir ! Et comme il se maudissait de se comporter en véritable idiot ! Ce besoin insatiable qu'il éprouvait pour elle était presque ridicule ! Comment une femme qu'il connaissait aussi peu avait-elle pu devenir aussi chère à son cœur, aussi vitale à son quotidien ? Jusqu'à présent, aucune femme n'avait été nécessaire à son bonheur, alors, pourquoi maintenant, pourquoi elle ?

Bon sang !

Emmy avait même réussi à lui redonner de l'espoir. Grâce à elle, il s'était senti vivant comme il ne l'avait pas été depuis des années. Et voilà qu'à présent, il avait la sensation qu'une main de fer avait arraché son cœur dans sa poitrine.

Il se décida enfin à revenir vers son attelage, et au moment où il en ouvrit la portière, son cocher se pencha vers lui, du haut de son siège.

— Je vous ramène à la maison, monsieur le comte ?

— Oui, marmonna-t-il.

Puis, fou de rage, il grimpa en voiture et claqua la portière avant de se laisser lourdement tomber sur le siège. Qu'elle aille au diable ! Mais, alors que l'attelage s'élançait, il ne put s'empêcher de jeter un dernier coup d'œil vers le cimetière, vers la statue qu'Emmy avait tant admirée, et il se maudit une fois encore de sa stupidité. Détournant les yeux, il s'efforça de chasser tout souvenir d'elle, mais son regard tomba sur les deux paquets posés sur la banquette, à côté de lui, et il sentit sa gorge se nouer.

Des présents pour Emmy.

Quand il descendit de la voiture dans la cour du manoir, la rage qui l'animait toujours était mêlée d'une espèce de stupéfaction et de regrets. Comment avait-elle osé l'abandonner de la sorte, alors qu'elle lui avait promis qu'elle reviendrait ? N'éprouvait-elle donc rien pour lui ? Saisissant les paquets qui lui rappelaient sa trahison, il se dirigea vers la grande porte d'entrée où l'attendait un valet en livrée.

Tout en lui ouvrant la porte et en s'effaçant pour le laisser passer, ce dernier se lança dans un discours totalement embrouillé, du moins Adrien ne comprit-il rien à ce que le valet voulait lui dire.

— De quoi parlez-vous, Jérémie ? demanda-t-il d'une voix lasse où perçait l'agacement.

— Monsieur le comte, il me faut vous parler.

— Est-ce que cela ne peut pas attendre ? rétorqua Adrien en déposant les deux paquets sur la crédence.

— J'ai bien peur que ce sujet ne requière votre attention immédiate, monsieur le comte. Comme vous le savez, la saison débute dans une quinzaine de jours, à peine.

— Peu m'importe la saison !

— Hélas, monsieur le comte, il est si difficile de trouver du personnel compétent une fois tout le monde revenu en ville. Les agences de placement sont déjà submergées de demandes pour des femmes de chambre et des valets.

Adrien s'arrêta aussitôt. Une horrible sensation venait de s'emparer de lui.

— Qu'êtes-vous en train d'essayer de me dire, Jérémie ? Que nous avons besoin d'employer plus de personnel ?

Son valet, d'ordinaire impassible, blêmit.

— Je vous demande pardon, monsieur le comte, je croyais que vous étiez déjà au courant.

— Au courant de quoi ?

— Que la femme de chambre avait donné sa démission. Je... Veuillez m'excuser, monsieur le comte, Amelia avait précisé qu'elle vous l'annoncerait elle-même.

— Envoyez-la-moi sans plus tarder, Jérémie ! ordonna-t-il.

— Tout de suite, monsieur le comte.

Adrien pénétra dans son bureau et en claqua la porte.

Comment cela ? Amelia voulait quitter sa demeure ? Il n'allait pas le permettre ! Quoi qu'il ait à faire pour la garder, elle allait rester ici ! Et, de plus, il allait lui parler de leur liaison. Il était plus que temps de lui apprendre qu'il savait que c'était avec elle qu'il avait partagé ce moment passionné, ce jour-là, à Highgate.

Et alors, il ne lui servirait plus à rien de continuer à se cacher sous son voile, ou derrière ses lunettes.

— Vous m'avez demandée, monsieur le comte.

Adrien se retourna pour voir Amelia pénétrer dans son bureau. Elle ne portait pas son uniforme, mais cette robe de lainage gris, qu'elle avait toujours à Highgate. Ses cheveux étaient noués en chignon, et ses lunettes juchées sur le bout de son nez.

— Monsieur le comte ? insista-t-elle d'un air nerveux.

— Où étiez-vous, ce matin ? demanda Adrien d'une voix agacée, tout en se servant un verre de whisky, bien qu'il fût un peu trop tôt pour boire de l'alcool.

— Je suis toujours en congé le mardi matin, monsieur le comte. Je ne commence pas mon service avant le début de l'après-midi.

— Et que faites-vous donc de vos matinées de liberté ? demanda-t-il en s'avançant vers elle.

— Eh bien… Je…

Amelia semblait incapable de prononcer une seule parole.

— En temps habituel, je me promène, poursuivit-elle.

— Où cela ?

— En divers endroits.

— Et rencontrez-vous un amant en secret, ces jours-là ?

— Non, monsieur le comte !

Menteuse !

Il brûlait d'envie de lui dire qu'il l'avait démasquée, mais il se retint, essayant de refréner sa colère.

— Vous n'avez même pas de flirt ? Aucun petit ami ?

Amelia frissonna, mais continua à nier.

— Vous ai-je offensée avec mes hypothèses ? demanda-t-il alors. Si vous n'avez pas de petit ami, dans ce cas, dites-moi, peut-être avez-vous l'habitude de retrousser vos jupes pour des étrangers ?

— Monsieur le comte ! protesta-t-elle d'une voix indignée.

— Quoi ? l'interrompit-il. Ne suis-je pas votre maître ? Ne suis-je pas responsable de vous ? J'ai bien le droit de savoir ce que vous faites de votre temps libre ! Alors, répéta-t-il, que faites-vous le mardi matin ?

Il la vit prendre une lente inspiration, puis elle murmura du bout des lèvres :

— Je me promène, monsieur le comte, et… je fais tout un tas de choses.

— Des choses ? Quel genre de choses, mademoiselle Cartwright ? Vous rencontrez des hommes ? Vous les observez et vous vous demandez si vous aimeriez faire l'amour avec eux ? Vous leur offrez un aperçu de vos charmes ? Dites-moi un peu, avez-vous couché avec l'un de ces hommes durant vos matinées de liberté ?

Amelia rougit et détourna le regard.

— Monsieur le comte, il me semble que mon travail ici a toujours été…

— En parlant de votre travail, l'interrompit-il, je crois savoir que vous nous aviez donné votre démission, mademoiselle Cartwright.

Amelia baissa les yeux, et contempla ses mains, qu'elle tenait croisées devant elle.

— C'est exact, monsieur le comte.

— N'êtes-vous donc pas heureuse, parmi nous ? N'appréciez-vous pas votre travail ? Avez-vous été maltraitée ?

— Non, monsieur le comte, répondit-elle aussitôt. A vrai dire, j'ai même beaucoup aimé travailler ici.

— Dans ce cas, pourquoi nous quittez-vous ?

Comme elle ne répondait pas, il étouffa un juron. Même si Amelia respirait de façon saccadée, elle semblait tout à fait maîtresse de ses émotions, et c'était ce qui l'agaçait le plus. Elle savait pertinemment avec qui elle avait partagé ce moment torride à Highgate. Elle *savait* qu'il s'agissait de lui. Bon sang ! Comment pouvait-elle renoncer à leur liaison ? Comment pouvait-elle le laisser tomber ainsi, alors que leur relation signifiait tant pour lui ?

— Est-ce à cause de moi ? demanda-t-il. Ai-je fait quelque chose qui vous pousse à partir ?

Amelia secoua la tête.

— Si vous croyez que je vais vous laisser vous en aller ainsi, vous vous trompez, mademoiselle Cartwright !

— Monsieur le comte, je suis persuadée que vous n'aurez aucun mal à trouver une autre femme de chambre.

— Je ne veux pas d'autre femme de chambre !

Il vint se planter juste devant elle, et elle frissonna, tentant de faire un pas en arrière, mais il tendit une main vers elle et l'attrapa par la taille. De son autre pouce, il releva la manche de sa robe et regarda ostensiblement les taches de rousseur que la fine mousseline avait dissimulées.

Avec lenteur, il releva les yeux vers elle. Bon sang, dès le début, elle connaissait l'identité de l'homme qui lui avait donné du plaisir à Highgate, lui, il n'avait pas dissimulé son visage derrière un voile, et pourtant, à cet instant, elle se tenait devant lui, impassible, comme s'ils n'avaient jamais rien partagé !

Furieux, il respirait de plus en plus fort, ne songeant à rien d'autre qu'à ce moment magique où il l'avait tant désirée. Ce moment où il avait parlé de lui, et de ses désirs profonds.

S'était-elle moquée de lui ? Se réjouissait-elle, en son

for intérieur, de voir combien elle avait été capable de lui faire perdre la tête ?

Il lui agrippa le poignet, et avant même qu'elle puisse s'écarter, il la fit reculer et la plaqua contre la porte. Sa main effleura sa hanche pendant qu'il tournait la clé dans la serrure.

Amelia frissonna. De peur ? De désir ? Peu lui importait !

Posant les mains sur sa taille, il l'attira à lui.

— Je sais tout de vous, Amelia, chuchota-t-il. Tout !

Alors que, depuis qu'elle était entrée dans le bureau, elle semblait éviter son regard, elle leva les yeux vers lui et murmura :

— Je vous en prie, monsieur le comte, ne faites pas cela. Autant laisser les choses comme elles sont.

Ignorant sa supplique, il effleura son cou.

— Je sais que le mardi matin vous avez du temps libre, et que vous aimez vous promener dans des endroits déserts.

Toute couleur sembla se retirer de son visage, mais elle soutint son regard.

— Je crois que vous faites erreur, monsieur le comte.

— Le cimetière d'Highgate, cela ne vous dit rien ? Une matinée de brouillard, où la pluie s'est mise à tomber, murmura-t-il en effleurant sa gorge du bout du doigt. Vous m'avez caressé, de façon fort intime, et j'ai joui entre vos mains, vous vous souvenez ?

Elle garda le silence et il la serra un peu plus fort.

— Je sais que c'était vous, Amelia. Mais ce que je ne comprends pas, c'est pourquoi vous refusez de l'admettre.

Pourquoi ne voulait-elle pas de lui ?

Elle était sur le point de l'abandonner après lui avoir offert le moment le plus intime et le plus magnifique qu'il ait jamais connu, et il détestait déjà cette sensation d'abandon.

Sa main remonta de sa taille à son sein, puis caressa son doux visage. Il se plaqua contre elle, pressa son torse contre sa poitrine et blottit son visage au creux de son cou. Amelia avait fermé les yeux, et il remarqua que ses adorables lèvres, aussi délicates qu'un bourgeon de rose, s'étaient entrouvertes, comme si elles attendaient un baiser. Il les effleura du pouce.

— Je sais ce dont vous avez besoin, Amelia. Laissez-moi simplement vous l'offrir.

— Non ! C'est impossible ! s'exclama-t-elle en secouant la tête, et en se plaquant contre la porte derrière elle.

Ne voulant pas laisser le moindre centimètre entre eux, il se pressa de nouveau contre elle.

— Je sais ce que vous recherchiez, ce jour-là dans le cimetière. Je sais quel tempérament passionné vous cachez, malgré toutes vos protestations.

— Je vous en prie ! Arrêtez !

— Vous m'avez manqué, ce matin, Emmy. Je suis resté sous la pluie, et j'ai attendu que vous veniez. Pourquoi ? Pourquoi n'êtes-vous pas venue ?

En entendant son prénom secret, elle poussa un petit hoquet de surprise.

Lorsqu'elle se détourna, refusant de répondre à sa question, il fouilla dans sa poche et en sortit le ruban de dentelle noire qu'il gardait avec lui. Cette même dentelle qu'il avait dénouée, ce jour-là, à Highgate, afin de pouvoir relever son voile et poser ses lèvres sur sa peau nue.

— Pourquoi persister à vous cacher sous votre voile, alors que je sais déjà qu'il s'agit de vous ? Je l'ai toujours su, Amelia, depuis l'instant où mon attelage s'est arrêté dans le chemin d'Highgate, et que je vous ai vue, assise sur ce banc, au milieu du brouillard.

— Je ne suis qu'une domestique ! chuchota-t-elle. Je ne pouvais pas vous le laisser découvrir.

— Combien voulez-vous pour rester ?

Elle releva la tête brusquement et le dévisagea d'un regard intense.

— Est-ce que tout ceci est un jeu pour vous, monsieur le comte ?

— Et pour vous, Emmy, en est-ce un ?

— Je ne joue pas, monsieur le comte ! Je ne me suis jamais moquée de vous, malgré ce que vous pouvez penser. Je n'avais pas l'intention de vous induire en erreur.

— Alors… combien ?

— Je ne suis pas à vendre, monsieur le comte, protesta-t-elle d'un air indigné. Alors laissez-moi partir !

Hélas, Adrien savait déjà que s'il la laissait franchir le seuil de la pièce, il risquait de ne jamais la revoir, et c'était une option à laquelle il refusait de se résoudre.

— Quel est votre prix ? insista-t-il. Dites-le-moi, je le paierai. Dites-moi ce que vous voulez. Mon argent, mon corps ?

Cette fois, le regard qu'elle lui lança était mêlé de colère, d'indignation et de fierté.

— Je ne suis peut-être qu'une domestique, monsieur le comte, mais je ne suis pas une prostituée, et je ne suis pas à vendre !

Mais Adrien avait beau entendre son indignation, il ne l'en désirait que plus. Quoi qu'elle dise, quoi qu'elle fasse, et même s'il était le plus maladroit des hommes, il fallait qu'il trouve un moyen de la convaincre.

D'un geste ferme, il l'attira de nouveau contre lui, et, se penchant vers son oreille, il murmura :

— Mais Emmy ? Que ferait-elle, elle ? Serait-elle

capable de me faire l'amour, là, contre cette porte ? Parce que, moi, j'en meurs d'envie…

— Ainsi, c'est Emmy que vous voulez ?

Il entendit de la déception dans sa voix, avant qu'elle ne se reprenne, redresse les épaules et lève le menton d'un air de défi.

— Bien sûr que c'est elle qui vous plaît, poursuivit-elle. Emmy est une femme mystérieuse, quelqu'un dont vous pouvez prétendre qu'elle fait partie de votre monde. A moins que vous n'ayez apprécié cette aventure, justement parce que je suis de plus petite condition que vous. Cela a dû vous émoustiller de…

— Pour l'amour de Dieu, Amelia…

— C'est bien de cela qu'il s'agit, non ? le coupa-t-elle. Le fait d'avoir une aventure avec votre femme de chambre et de découvrir son secret vous a donné un sentiment de puissance, n'est-ce pas ? Vous avez dû bien rire de moi lorsque je vous ai servi le thé. Comme vous avez dû vous divertir en me regardant faire votre lit, en songeant que j'étais bien vite tombée dans vos bras !

Sa colère le stupéfia tant qu'il lâcha soudain son poignet, comme s'il brûlait sa paume.

— Avez-vous songé, monsieur le comte, que, pendant que vous vous divertissiez à ce petit jeu du maître et de sa servante, vous jouiez en fait, avec le plus grand moment de bonheur que j'aie jamais connu, durant ma pathétique existence ?

— Amelia, je vous en prie, vous ne comprenez pas…

— C'est vous qui ne comprenez pas, monsieur le comte. Je pars, je démissionne, et sur-le-champ ! Je vais immédiatement quitter votre demeure, et je ne veux rien de vous. Pas même de lettre de recommandation. Je ne veux rien vous devoir !

— Enfin, Amelia, vous ne pouvez pas partir ainsi ! Où irez-vous ?

Elle le regarda, ses yeux lançant des éclairs.

— Voulez-vous connaître le plus triste de cette histoire, monsieur le comte ? Je suis triste d'avoir cru en vous. Déçue d'avoir cru que vous puissiez me désirer. Je ne suis pas allée à Highgate, ce matin, parce que j'ai craint que… que vous ne commenciez à éprouver une réelle attirance pour Emmy. Je ne pouvais pas laisser cela arriver. Il m'était impossible de jouer avec vos sentiments, en sachant que je n'étais qu'une domestique, et que toute relation était impossible entre nous. Je ne voulais pas vous trahir. Quelle ironie, n'est-ce pas, que je me sois souciée de vous, alors qu'à l'évidence, vous vous moquez complètement de moi !

Chapitre 6

L'eau glissa le long de ses bras, puis sur ses épaules, et descendit dans son dos, formant de petits ruisseaux. Sous la fine batiste de sa chemise, ses seins avaient durci. Reposant l'éponge dans la bassine, Amelia la tordit entre ses mains pour en chasser l'eau, puis essuya son cou et son décolleté.

Lorsqu'elle s'assit à sa coiffeuse, l'eau était déjà devenue froide. Hébétée, elle se passa encore l'éponge sur les bras et le cou, perdue dans ses pensées, abattue par le chagrin.

Que faisait-il, à présent ?

Etait-il en train de se moquer d'elle ?

Elle, cette pauvre petite chose, qui avait désiré un homme de son rang, éminemment séduisant.

Elle s'était comportée comme une idiote, et lui s'était servi d'elle ! A présent elle se sentait si insignifiante, si… invisible !

— Amelia ?

Au son de sa voix, elle sursauta et laissa échapper l'éponge, qui tomba dans la bassine. Elle entendit qu'il fermait la porte de sa chambre, puis le bruit de ses pas sur le parquet.

Il vint se poster derrière elle, et elle sentit la chaleur qui émanait de lui. Adrien posa les mains sur ses épaules, et elle se crispa aussitôt, alors que ses yeux s'emplissaient de larmes. Non, elle ne pleurerait pas devant lui. Jamais plus elle ne se montrerait vulnérable face à quiconque !

— Pourquoi ne me regardez-vous pas ? demanda-t-il.

A contrecœur, elle leva les yeux vers le petit miroir sur sa coiffeuse et vit alors le reflet d'Adrien qui la contemplait.

Adrien se pencha et plaça son visage au niveau du sien, et elle l'observa tandis qu'il fermait les yeux et posait sa joue contre sa tempe.

— Amelia, j'ai apporté ceci pour vous. Je l'avais avec moi à Highgate… je tenais à vous l'offrir.

— De quoi s'agit-il ? demanda-t-elle d'un ton amer, détournant les yeux de leur reflet. D'un pourboire ?

— Amelia…

— Il n'y a rien à ajouter, monsieur le comte. Je suis peut-être une domestique, mais j'ai ma fierté, et elle ne peut être achetée. Et oui, je suis pauvre, mais pas au point de me vendre pour vous divertir sexuellement.

Adrien hocha la tête, puis se redressa avec lenteur. Il se détourna pour partir mais au dernier moment il revint sur ses pas, et, prenant son visage entre ses mains, il effleura ses lèvres des siennes.

— Cela n'a jamais été un jeu, pour moi, Amelia. *Jamais.* Jamais vous n'avez représenté un divertissement.

— Dans ce cas, qu'étais-je ?

— La perfection.

C'était un mot simple, et prononcé avec tant d'honnêteté qu'en l'entendant, Amelia ne put s'empêcher de lever un regard interrogateur vers Adrien.

— Vous représentiez tout pour moi, Amelia. Chaque journée passée avec vous avait tant de signification ! Et pas seulement à Highgate ! Je vous ai désirée dès l'instant où vous avez pénétré dans mon bureau pour passer votre entretien pour ce poste de femme de chambre. Me croyez-vous aussi superficiel pour ne pas avoir réussi à voir au-delà de votre uniforme et de vos lunettes ? Je vous ai regardée, Amelia, vraiment *regardée*. Et ce jour-là, j'ai pensé, et je le pense toujours, que vous êtes la femme la plus magnifique qu'il m'ait été donné de voir. Vous êtes parvenue à m'offrir quelque chose que je ne pourrai jamais acquérir par moi-même, et c'est ce qui vous rend aussi incroyable… aussi inestimable à mes yeux.

Les beaux yeux d'Amelia trahissaient sa confusion, et lorsqu'elle ouvrit la bouche, sa voix tremblait comme celle d'une jeune communiante :

— Mais… mais de quoi parlez-vous ?

— De ce que vous m'avez offert, Amelia. Ce don que vous êtes la seule femme à avoir su me faire. Le plaisir d'être moi-même. Tout me semble si juste avec vous ! Il n'existe aucun faux-semblant entre nous, et je peux me contenter d'être moi-même. C'est quelque chose que je n'ai jamais ressenti avec aucune autre femme. Si vous ne me croyez pas, je vous en prie, ouvrez au moins ce paquet. Vous comprendrez peut-être enfin ce que j'éprouve pour vous, et ce que représentent à mes yeux les moments que nous avons partagés.

Elle semblait incapable de se décider, et, par un accès de pudeur soudaine, redoutant qu'elle n'accède à sa demande devant lui, Adrien se détourna et s'éloigna, le cœur battant. Lorsqu'il atteignit la porte, il l'entendit pleurer et s'arrêta. Se retournant, il vit qu'elle tenait son cadeau entre les mains, et qu'elle regardait la couverture de cuir bordeaux tout en versant des larmes.

— C'est une histoire impossible, monsieur le comte, et vous le savez fort bien ! Comment pouvez-vous me désirer ?

Je ne sais même pas lire ! s'exclama-t-elle, avant de lever les yeux vers lui. J'ai juste fait semblant, le jour où vous m'avez vue au cimetière.

— Emmy…, dit-il, ignorant s'il devait la rejoindre ou rester loin d'elle.

— Je n'ai pas honte de ma condition, poursuivit-elle. Je suis une domestique, et à ce titre, je ne me sens nullement humiliée de devoir travailler pour subvenir à mes besoins. Je suis une personne honnête, je ne rechigne pas à l'effort, et j'éprouve de la fierté à bien faire mon travail. Il n'y a aucune honte à cela. Cependant, je sais que les pensées que je nourrissais à votre encontre étaient… inappropriées. Et je sais également que ma conduite à Highgate n'était pas convenable. Cependant, j'avais besoin de découvrir ce que je ressentirais en étant avec vous… en sentant vos mains sur moi. J'ai honte de l'admettre mais je reconnais vous avoir induit en erreur de mon plein gré. Je vous ai laissé croire que j'étais une inconnue pour vous, alors que j'étais votre domestique. Vous m'avez demandé pourquoi je ne m'étais pas rendue à Highgate ce matin, et la raison en est que je me suis mise à envisager un avenir. Oui, monsieur le comte, je me suis demandé : « Et si… ? » Hélas ! J'ai bien conscience que tout avenir nous est interdit, voilà pourquoi je ne suis pas allée au cimetière aujourd'hui. Je me suis résignée parce que j'ai compris qu'il me serait impossible de vous voir, de vous servir chaque jour, sans me languir de ce que nous partagerions à Highgate.

Il se dirigea vers elle, et s'agenouilla devant elle. Elle détourna la tête, et essuya ses larmes, mais d'un geste, il l'obligea à le regarder.

— Amelia, si vous ne savez pas lire, comment avez-vous fait pour me réciter ce poème, à Highgate ?

Fermant les yeux, elle poussa un profond soupir.

— Je vous ai écouté, un soir, vous et votre sœur, pendant que je débarrassais vos tasses de thé. J'ai pris tout mon temps et, alors que je me tenais devant la table, j'ai fermé les yeux et écouté les poèmes que vous lisiez. J'en ai retenu quelques-uns, et lorsque j'ai enfin ouvert les yeux, j'ai vu votre reflet dans le miroir. Vous me regardiez, et j'ai pensé… Je me suis imaginé que vous aviez déclamé ces vers pour moi.

— C'était le cas ! Et vous avez été la seule à voir au-delà du masque que je porte.

Elle le regarda à travers ses lunettes, et il lui sourit. Quelle sérénité il éprouvait en sa présence ! Son cœur semblait enfin avoir cessé de saigner.

— Ce livre, Amelia, est un recueil de poèmes d'Elizabeth Barrett Browning.

— Je suis désolée, mais je ne pourrai pas le lire.

Il lui prit le livre des mains et le posa sur sa coiffeuse. Puis, tendant la main vers elle, il retira l'une des épingles qui retenaient ses cheveux, et Amelia le laissa faire. Avec une lenteur extrême, il retira chacune des épingles de son chignon, les posant au fur et à mesure sur la coiffeuse. Amelia sentit son lourd chignon se défaire, et ses premières boucles glisser sur ses oreilles, puis sur son cou.

Elle ferma les yeux, tandis qu'Adrien passait ses doigts dans son opulente chevelure.

— Vous avez une chevelure magnifique ! s'exclama-t-il d'un air étonné et ravi. Avec le chignon si strict que vous portez en permanence, je ne l'aurais jamais deviné…

Il prit une longue mèche de cheveux entre ses doigts et la caressa, admiratif, puis il enfouit les mains dans sa chevelure, et elle l'observa, tandis qu'il contemplait ses reflets auburn, magnifiés par le feu de cheminée. Lorsque leurs yeux se croisèrent dans le miroir, elle sentit son cœur se serrer. Elle avait l'impression d'être nue devant lui. Ses cheveux étaient complètement lâchés, et tombaient en larges boucles dans son dos, jusqu'à la taille. Aucun homme ne l'avait vue ainsi.

Elle avait l'impression d'être dans un rêve, et tout à coup, elle vit les mains d'Adrien quitter ses cheveux, puis encadrer son visage. Du bout des doigts, il lui effleura les joues, puis les lèvres, avant de se poser sur les branches de ses lunettes.

— Je vous en prie, non ! dit-elle dans un souffle.

Si elle laissait faire, il allait lui retirer la dernière pièce de son armure. Elle ne voulait pas se sentir aussi nue, aussi exposée devant lui. Pourtant, il fit glisser ses lunettes sur son nez, puis les écarta de son visage.

— Amelia, vous prétendiez n'être personne... qu'une femme ordinaire, sans plus, chuchota-t-il, en lui caressant les paupières. Pourtant, moi je vois en vous une femme qui mérite qu'on apprenne à la connaître.

Elle voulut détourner le regard, mais il lui attrapa le menton, et l'obligea à le regarder dans le miroir.

— Dites-moi quelque chose, Amelia.

— A quoi pensez-vous, en cet instant précis ? demanda-t-elle, tout en redoutant sa réponse.

— Je pense au plaisir que je vais avoir à vous peindre, Amelia. Je songe que n'importe quel artiste aimerait être capable de reproduire sur la toile la lumière de vos yeux. Je me demande comment je vais faire pour capturer toute l'intelligence et la sensualité qui émanent de vous.

Sans la quitter des yeux, il laissa passer un silence, fasciné par le reflet de leurs deux visages, si proches, avant de reprendre :

— Et je pense à quel point il peut être facile pour un

homme de devenir obsédé par vous… Et combien, moi, je me sens consumé d'amour pour vous.

Levant leurs mains jointes jusqu'à ses lèvres, il déposa un baiser sur ses doigts graciles. Fermant les yeux, il inhala leurs senteurs mêlées : celle d'Amelia, fraîche et citronnée, et la sienne, chaude et épicée. Ensemble, elles formaient un parfum puissant qui l'enivrait presque.

Il déposa un nouveau baiser sur ses doigts, et la vit frémir. Alors, il posa la main sur son cou et sentit son pouls qui battait la chamade.

— Venez avec moi, Emmy, murmura-t-il. Laissez-moi vous entraîner dans mon lit. Cela fait si longtemps que j'attends cet instant.

Hochant la tête, elle fit un pas vers lui. Il aurait pu jurer entendre battre le cœur d'Emmy au fond de sa poitrine. Son parfum le grisait, et déjà, il sentait une vague d'excitation et de désir déferler en lui.

— Venez, chuchota-t-il, venez avec moi, que je puisse vous aimer durant des heures.

Comme dans un rêve, elle le suivit et s'allongea sur le lit. Mais cette fois, ce n'était pas un rêve, ou un fantasme interdit naissant en son esprit pendant qu'elle faisait les lits ou époussetait les meubles.

Non, ce moment était bel et bien réel.

C'étaient bien les mains d'Adrien qui la caressaient, son souffle qu'elle sentait sur elle, et ses lèvres qui l'embrassaient, alors qu'elle était allongée entre ses draps.

Il s'étendit sur elle, et elle vit son regard enfiévré de désir qui l'observait avec une intense attention, comme si elle était l'objet le plus précieux de l'univers. Puis il se pencha pour déposer un léger baiser au creux de sa gorge, à l'endroit où son pouls battait d'excitation.

— Ton parfum me rend fou, Amelia ! Tu me rends fou…

Fermant les yeux, Amelia rejeta la tête en arrière, tandis qu'il lui effleurait les lèvres du bout des doigts.

— Et tu as des lèvres parfaites, murmura-t-il, des lèvres que j'ai envie de sentir sur chaque parcelle de mon corps.

Amelia était incapable de penser de façon rationnelle, son esprit n'était plus qu'un maelström d'émotions. Elle eut à peine conscience du profond soupir qu'elle laissa échapper lorsque Adrien plaqua sa bouche contre la sienne, l'encourageant à entrouvrir ses lèvres, avant d'y glisser la sienne. Il gémit, et sa main alla se poser sur son sein. Il l'embrassa avec passion tout en la caressant, et elle répondit à son baiser avec ardeur, nouant ses bras autour de son cou pour l'attirer encore plus près d'elle.

Il l'embrassa durant ce qui lui sembla une éternité, et plongea son regard dans le sien.

— J'ai envie de te caresser partout, chuchota-t-il.

Les longs doigts fins se posèrent sur sa taille, puis effleurèrent sa hanche, avant de descendre sur son ventre, et elle brûlait de les sentir un peu plus bas. Mais Adrien se redressa et elle poussa un gémissement de déception tout en s'efforçant de ne pas bouger. Elle aurait voulu tendre la main vers lui, le supplier de ne pas s'éloigner.

Il sourit, comme s'il avait lu dans ses pensées. Puis, d'un geste de la main, il l'incita à se mettre à genoux et lui retira sa chemise. Quand elle fut nue devant lui, offerte, il s'assit derrière elle et l'observa quelques instants.

— Tu es magnifique, Emmy.

Ses mains effleurèrent ses cuisses, puis ses fesses, qu'il prit à pleines paumes, tout en déposant un chapelet de baisers dans son dos. Sa langue léchait un point sensible, tandis que son doigt caressait le sillon de ses fesses, décrivant de petits cercles, jusqu'au moment où il plaqua son pouce contre son sexe brûlant et moite de désir.

— Adrien ! haleta-t-elle.

— Oui, je veux t'entendre dire mon nom ainsi ! Répète-le !

— Adrien ! soupira-t-elle sur le même ton.

Les mains d'Adrien remontèrent sur ses seins, et jouèrent avec ses tétons. La sensation de ses mains devant elle, et de ses baisers dans son dos la troublait plus que tout. Adrien semblait la chérir comme une délicate figurine de porcelaine qu'il aurait redouté de briser.

— Avec les autres femmes, ce n'était que du sexe, Amelia. Avec toi, c'est beaucoup plus. Tu m'as révélé à moi-même. Avant, je ne faisais que combler mes besoins. Avec toi, j'existe enfin ! J'ai envie de toi, Amelia, plus que tout au monde ! Je suis si impatient de venir en toi…

Haletante, elle murmurait du bout des lèvres à quel point elle brûlait de le sentir en elle, elle aussi, quand elle sentit le matelas ployer derrière elle sous le poids d'Adrien. Puis, elle perçut la chaleur de ses larges paumes sur ses cuisses, suivies par sa langue si habile à lui tirer des gémissements de plaisir. Mais quand Adrien s'arrêta à l'orée de son sexe, elle poussa un petit soupir de frustration.

— Tu m'as accusé de jouer au maître et à la servante, avec toi. Je te jure, Amelia, que cela n'a jamais été le cas. Pourtant, j'aimerais beaucoup y jouer avec toi, maintenant.

Elle jeta un coup d'œil par-dessus son épaule, et le vit effleurer sa cuisse du bout de la langue, avant de commencer à lécher son sexe moite de désir. Il ferma les yeux tout en lui faisant l'amour avec sa bouche, et, incapable de résister, elle tendit les mains vers lui et enfonça les doigts dans ses cheveux.

— Quel rôle as-tu envie de jouer, Amelia ? Celui de la maîtresse ou de la servante ?

Elle ne répondit rien, jusqu'à ce qu'il lève les yeux vers elle.

Même sans ses lunettes, elle voyait le désir dans ses yeux.

— Celui de la servante…

— Mon adorable petite servante, si obéissante, dit-il en se redressant derrière elle.

A son tour, elle se redressa et, se retournant devant lui, elle entreprit de lui ôter son pantalon. Quand son sexe dur se dressa devant elle, elle commença à le caresser de la main, en un geste très sensuel, avant de se pencher en avant pour le prendre dans sa bouche et le déguster comme la plus savoureuse des friandises.

Adrien tendit la main vers elle, et ramena ses longs cheveux d'un côté de sa tête, avant de les écarter de son cou, afin de pouvoir la contempler tandis qu'elle l'avalait avec ardeur, lui tirant des râles de plaisir.

Il était fasciné de la voir ainsi, en train de le lécher, de le sucer, de prendre son sexe profondément dans sa bouche.

— J'adore te regarder, dit-il d'une voix rauque. J'adore ce que tu me fais… Tu aimes ça, n'est-ce pas ?

Il vit ses yeux lui lancer des éclairs de désir, et il poussa un gémissement de satisfaction, tandis qu'elle faisait aller et venir sa langue sur son sexe. Une main posée sur sa nuque, il l'encourageait à le prendre plus profond encore dans sa bouche.

— Oui… comme ça… Je vais jouir, Emmy, je vais jouir…

Et soudain, ce fut comme si une myriade de feux d'artifice explosait dans son esprit embrumé par le plaisir, et il se laissa emporter par la vague de volupté qui le submergeait. Une sensation unique, d'une intensité qui le laissa pantois.

Si le paradis existait, songea-t-il en se laissant tomber sur le lit, cela devait ressembler à ça…

— Emmy, soupira-t-il, viens un peu par ici.

Il n'attendit pas sa réponse, et l'attira au-dessus de lui. Elle posa sa main contre la sienne, et ils restèrent ainsi, paume contre paume durant de longues secondes, avant qu'il n'entrelace ses doigts aux siens.

— J'ai cru que je pourrais attendre, Emmy, j'ai cru que je pourrais t'offrir la plus belle heure de ta vie, mais je n'ai pas pu résister. Mais à présent, je vais te donner tout ce que tu désires…

D'un geste, il l'allongea sur le dos, et lui plaqua les bras sur le lit, maintenant leurs doigts enlacés au-dessus de sa tête. Le regard rivé au sien, il entra en elle d'une brusque poussée. Puis, il se retira, avant de s'enfoncer de nouveau, tout en baissant les yeux pour se regarder entrer en elle.

Il commença à aller et venir en elle avec lenteur, la pénétrant un peu plus profondément chaque fois. Leurs corps ondulaient à l'unisson. Amelia n'avait jamais ressenti cela : cet accord si parfait du corps et de l'âme. Et quand la main d'Adrien serra la sienne un peu plus fort, tandis qu'il allait et venait en elle, Amelia sut que jamais, jamais elle n'éprouverait de lien aussi fort avec aucun autre homme.

Adrien avait l'air si beau, si serein, pendant qu'il lui faisait l'amour. Des larmes commencèrent à emplir ses yeux, et elle les ferma. Pourquoi, en cet instant magique, se sentait-elle aussi troublée ?

Quand elle rouvrit les yeux, sous le feu de ses baisers, une larme roula sur sa joue, et Adrien y pressa les lèvres, comme pour effacer cette larme. Comme pour effacer toutes les larmes.

— Amelia, murmura-t-il, ce ne sera pas la seule fois pour nous deux.

Comment savait-il ?

Comment avait-il pu lire au fond de son cœur, et découvrir la peur qui s'était emparée d'elle ?

— Il n'y a que nous deux dans ce lit, Amelia. Un homme et une femme qui se donnent du plaisir. Pas de maître, ni de domestique, murmura-t-il. Viens un peu par ici.

La soulevant au-dessus de lui, il la fit asseoir à califourchon sur ses cuisses musclées. Ses bras l'enlacèrent, l'attirant à lui, jusqu'à ce qu'il n'y ait plus aucun espace entre leurs deux corps.

Alors qu'il écartait une mèche de cheveux de ses joues mouillées de larmes, il s'interrompit, et la contempla. Jamais il n'avait été ému par la beauté de l'acte amoureux, par les mouvements d'un corps féminin se mêlant au sien. Jamais il n'avait pris le temps de savourer chacun des détails d'un moment si intime. Jamais il n'avait remarqué que des cils pouvaient briller à la simple lueur des chandelles, ou frémir comme des ailes de papillon.

Jamais il n'avait senti son cœur aussi lourd d'émotions, ni son âme s'éveiller alors que des yeux, chargés de passion, plongeaient dans les siens. Enfin, jamais il n'avait fait l'amour avant ce moment, où, agrippé aux hanches d'Amelia, il allait et venait en elle, l'encourageant à regarder son sexe pénétrer en elle.

Lorsqu'il se sentit incapable de refréner plus longtemps son désir, il l'incita à passer ses cuisses sur ses hanches, tandis qu'il enfouissait son visage dans sa longue chevelure, s'enivrant de son délicieux parfum. Alors, il saisit ses fesses à pleines mains, tandis qu'elle allait et venait sur lui, le prenant tout en elle.

Non, il n'avait jamais connu l'amour, jusqu'à ce moment où Amelia lui plaqua le visage entre ses seins, et, s'agrippant à ses cheveux, se déhancha de plus belle sur lui, menant la danse, *lui faisant l'amour*.

— Qu'est-ce qu'il y a ? demanda-t-il en riant, alors qu'Amelia levait les yeux vers lui après avoir embrassé son ventre.

Elle se lécha les lèvres, et sourit d'un air penaud.

— J'ai bien peur d'avoir mangé toute la boîte.

Ils regardèrent tous deux la boîte rose, vide, dont le papier d'emballage avait été jeté à côté du lit. Le ruban noir qui avait décoré le coffret était toujours noué autour du poignet d'Amelia.

— Ils t'ont plu ?

Elle se mit à rougir, mais ne détourna pas le regard.

— Tu sais, je n'avais encore jamais mangé de chocolats fins. Ceux à la crème sont mes préférés.

— J'ai adoré te regarder les manger, jusqu'au dernier. Et que penses-tu de mon autre présent ?

— Ah, le livre !

— Oui, le livre.

— Tu veux bien me le lire ?

— Non. Je vais t'apprendre à lire, et comme ça, toi tu pourras me le lire, lorsque nous serons au lit, et que *moi* je dégusterai de délicieux chocolats sur ton corps nu !

Elle se mit à rire et roula loin de lui, ses longs cheveux auburn formant comme une flamme. Il l'observa, riant et drapant le drap autour d'elle, songeant à quel point il avait attendu ce moment.

Ce contentement.

Cette plénitude qu'il éprouvait enfin.

— En fait, j'ai changé d'avis, déclara-t-il. Donne-moi le livre.

Amelia se leva, et s'empara du livre qu'il avait apporté dans la chambre. Lorsqu'elle le lui tendit, il l'attrapa par le poignet et l'attira à lui.

— Qu'est-ce que c'est ? demanda-t-elle, en retirant le marque-page qu'il avait glissé à l'intérieur.

Lorsqu'elle vit ce qu'il représentait, elle le regarda d'un air intrigué et ému.

— Mais c'est… C'est…

Elle sentit sa gorge se serrer d'émotion, incapable de prononcer un mot de plus.

— Oui, c'est toi, devant cette statue, le jour où je t'ai vue pour la première fois à Highgate.

— Tu l'as peint pour moi ?

Lorsqu'il hocha la tête, elle se mit à pleurer, et détourna les yeux, gênée de se montrer aussi vulnérable, puis tenta de reprendre contenance en ouvrant le livre à la page indiquée.

Adrien posa la main sur la sienne.

— Je connais ce passage par cœur, Amelia.

Elle leva la tête vers lui, les yeux brillant de larmes.

Tendant la main vers elle, il effleura sa joue du bout des doigts, et lui récita le poème :

— « Je t'aime au plus profond, plus haut, plus étendu que mon âme puisse atteindre, en étant hors de vue, tout émue par la grâce, quand prend fin l'univers. »

Lorsqu'il termina, sa voix était chargée d'émotion.

— C'est peut-être Elizabeth Barrett Browning qui a écrit ces vers, Amelia, mais ils expriment à merveille tout ce que je ressens pour toi.

MEGAN HART

Bien plus qu'un amant

éditions HARLEQUIN

Titre original :
REASON ENOUGH

Traduction française de ALBA NERI

83-85 boulevard Vincent-Auriol, 75646 PARIS CEDEX 13.
Service Lectrices — Tél. : 01 45 82 47 47
www.harlequin.fr

Chapitre 1

Ce n'était pas le genre de question à laquelle je pouvais répondre le cœur léger et sans hésiter.

J'avais, par exemple, mis des heures à choisir les vasques de la salle de bains : c'est dire si j'étais à des années-lumière de décider tout de go que je voulais avoir un enfant avec Dan.

— Oui ? Non ? reprit-il en nichant son menton au creux de mon épaule.

Il m'enlaça par la taille, son corps plaqué contre mon dos, et, incapable de me concentrer dans ces conditions sur la vaisselle, j'abandonnai la poêle à son sort dans l'évier pour me laisser aller contre lui.

— Ou… peut-être ?

— Mais pourquoi tu penses à ça maintenant, Dan ?

— J'y songeais, c'est tout, dit-il en glissant ses mains sous mon chemisier pour caresser mon ventre.

— Hum… Un enfant, c'est une grande responsabilité.

Je me retournai vers lui. Il arborait son plus grand sourire.

— Dan…

Mais je me tus, car je ne trouvais rien de précis à ajouter, et encore moins une objection digne de ce nom.

— Ne t'inquiète pas, Elle, répondit-il en m'embrassant. Je posais la question parce que tu as parlé de ta pilule.

Pour traiter un panaris, le médecin m'avait prescrit des antibiotiques dont l'action pouvait annuler celle de ma pilule, et moi, ne voulant pas que mon mari se sente frustré, je lui avais proposé de s'en tenir au sexe oral pendant ces quelques jours à risques.

— J'aurais cru qu'une petite gâterie te ferait plaisir. Normalement, c'est le cas.

J'avais parlé avec une certaine froideur, et je devais sans doute avoir l'air assez fermé en disant cela. Tout le contraire de ce que je ressentais vraiment, vu que mon corps me semblait en feu à chaque endroit où il était en contact avec celui de Dan.

Dan pressa un peu plus son ventre contre le mien et je sentis son érection plus que naissante. Il m'embrassa en me serrant par la taille et je lui rendis ses baisers à pleine bouche.

— Tu sais très bien que j'adore, murmura-t-il. Vas-y, si tu veux.

— Ici ? Dans la cuisine ? Mais ça ne se fait pas !

Je plaisantais et il le savait parfaitement.

— Tu vas voir que si.

Nous n'habitions la maison, notre première maison commune, que depuis quelques mois, et si nous n'avions pas encore fait l'amour dans toutes les pièces, ce n'était pas par manque d'entrain. Je défis sa ceinture tout en ondulant contre lui.

Dan laissa échapper un murmure rauque.

— Prends-moi dans ta bouche.

Le sol dallé n'allait pas être de tout confort sous mes genoux, mais je ne protestai pas. J'adorais avoir le sexe de Dan dans ma bouche. Il s'en estimait chanceux, mais celle qui avait vraiment de la chance, c'était moi. Je n'en revenais toujours pas de cette chance que j'avais eue de le rencontrer, pour commencer, et d'être aimée de lui, ensuite.

Mais, par-dessus tout, la véritable chance, pour moi, c'était d'être capable de l'aimer en retour.

Je le poussai, pas si gentiment que cela, pour qu'il recule d'un pas, puis, en m'agenouillant devant lui, je baissai la fermeture de son pantalon que je fis glisser le long de ses jambes. Il bandait déjà sous son caleçon, que je lui ôtai rapidement.

Je restai un instant, immobile, à le regarder, ma main fermée autour de son sexe. Il posa alors ses mains sur ma tête, doucement, sans m'attirer contre lui, pour que je puisse décider du prochain mouvement. Dan savait être patient s'il sentait que j'en avais besoin.

Je penchai ma tête pour l'avaler en entier et il poussa un râle de plaisir. Je frissonnai. Je cherchais à lui donner du plaisir, mais cela m'excitait aussi, et beaucoup. Le bout de mes seins durcit, mon sexe frémit et je retroussai ma jupe, insensible à la dureté froide du carrelage, pour frôler du bout de mes doigts ma culotte en satin.

— Oui, dit Dan. Touche-toi.

Je ne répondis pas. Comment l'aurais-je pu ? J'augmentai la pression autour de son sexe en refermant mes lèvres juste sur le bout, comme si j'y déposais un baiser. C'était un baiser, d'ailleurs. Je le repris de nouveau aussi profondément que je pus, avant de remonter lentement sur toute sa longueur, en accompagnant le mouvement de mes lèvres par celui de mes doigts serrés autour de lui.

Dan défit la barrette enserrant mes cheveux, qui tombèrent en cascade sur mes épaules, et les coiffa avec délicatesse pour ne pas gêner le va-et-vient de ma tête. Sa respiration commença à s'accélérer en cadence. Inspiration, expiration, de plus en plus rapides. Il n'allait pas tarder à jouir, je le savais. La question était combien de temps mettrais-je à l'accompagner ?

Je fermai les yeux. La cuisine cessa d'exister, et avec, mon travail, les factures dont je comptais m'occuper et le message de ma mère sur le répondeur. La douleur dans mes genoux et la tension de ma mâchoire s'effacèrent aussi dans la foulée, le monde se réduisit à l'odeur de mon mari et à ma main entre mes cuisses. J'augmentai la pression de mes caresses sur ma culotte, mon clitoris gonflé sous le tissu. Je pressai encore plus fort le sexe de Dan dans ma bouche, perdant le rythme plus d'une fois, mon habileté amoindrie sous l'effet du plaisir qui montait de mon ventre.

— Je vais jouir, bébé.

En temps normal, le son de sa voix suffisait à m'émoustiller, mais le ton sableux qu'il prenait lorsqu'il était au bord de l'orgasme était pour moi un véritable shoot aphrodisiaque.

Mes hormones ne firent qu'un tour. Ma main frotta ma culotte de plus en plus vite, et même si je savais qu'une pression plus appuyée m'apporterait une délivrance fulgurante, la sensation était si excitante que je choisis de la prolonger. Le plaisir monta et monta, mon sexe se serra, l'air me manquait.

Avec un gémissement rauque, Dan se cambra contre mon visage et je sentis sur mes papilles le goût de sa jouissance. Il serra mes cheveux dans ses poings et j'avalai ma salive et sa semence pour arriver à reprendre mon souffle.

Je poussai un long gémissement en pressant ma main contre mon sexe, et mon corps, qui, une fraction de seconde plus tôt, était serré comme un poing, s'ouvrit comme une fleur. Je passai une dernière fois ma langue autour de son sexe, avant de le laisser se retirer.

Encore groggy à cause du flot de plaisir qui submergeait mon corps, je relevai mon visage vers lui, et le regardai, paupières mi-closes. Une goutte de transpiration tomba sur mes lèvres et je savourai son goût salé. Il se pencha pour m'aider à me relever, mes genoux craquèrent, et je grommelai en me redressant pour me blottir contre lui.

— Tu fais ça très bien, murmura-t-il.

Je souris, le visage enfoui contre sa chemise qui sentait bon la lavande. Une chemise que j'avais lavée, repassée et rangée dans sa penderie. *Sa* penderie, dans la maison que *nous* partagions.

— Je sais, répondis-je, juste pour le plaisir de l'entendre rire.

Il me serra fort dans ses bras et nous rîmes ensemble. Le téléphone retentit alors. Nul besoin de décrocher pour découvrir qui appelait, mais bien que je n'aie aucune envie de parler à ma mère, je savais parfaitement qu'elle insisterait jusqu'à arriver à me joindre. Je regardai Dan.

— Je t'aime.

Je le dis parce que je le pensais.

— Je t'aime aussi.

Et la question du bébé ne fut plus abordée ce soir-là.

— Non, c'est défendu. C'est dangereux. N'y touche pas, dit mon frère d'un ton calme mais ferme.

La petite fille qui essayait d'atteindre la boîte d'allumettes sur le rebord de la cheminée retira sa main et lui lança un regard plein de reproche avant de tourner son attention vers la pile de revues posée dans un coin de la table basse.

— Désolée, j'aurais dû les mettre ailleurs, m'excusai-je. Cette maison n'est pas sécurisée pour les enfants.

Chad rit en haussant les épaules.

— Ne t'inquiète pas, Elle. Mlle la Princesse doit apprendre petit à petit.

Je regardai la petite fille… Enfin, pas la petite fille. Non ! Ma nièce. J'avais une nièce ! Je n'arrivais pas à m'habituer. Mon frère était tombé amoureux, il vivait en couple et il avait adopté un enfant. Il était devenu, pour de bon, une grande personne.

— Qu'est-ce qu'il y a, Elle ? demanda-t-il devant mon geste d'étonnement émerveillé. Non, Leha. Tu n'as pas le droit de déchirer les magazines de tata Elle. Viens ici, viens avec papa.

Il tendit ses bras et la petite contourna la table pour s'installer dans son giron avec un sourire satisfait. On aurait dit une véritable princesse, telle que ses deux papas la voyaient.

— Je n'en reviens pas, m'exclamai-je en sachant qu'il comprendrait. Tu es papa, Chaddie ! C'est vraiment incroyable.

Il sourit de toutes ses dents. Il était plus beau que jamais. Il avait minci, ce qui le faisait paraître encore plus grand, et sa nouvelle coupe de cheveux accentuait la finesse de ses traits. Il avait mûri.

Et puis quoi ? Nous avions vieilli tous les deux, il n'y avait pas de quoi s'étonner autant. Après tout, je voyais mon visage dans la glace chaque matin.

Il embrassa la joue rebondie de sa fille en passant tendrement la main dans ses boucles de jais, et elle gigota contre lui, joyeuse. Puis il la laissa glisser sur le canapé.

— Elle résiste, mais dans un quart d'heure, elle

tombera de sommeil, expliqua-t-il d'un ton convaincu. Nous pourrons alors discuter tranquillement.

A mes yeux, sa fille avait de l'énergie à revendre, mais je gardai mon avis pour moi. Comme j'ai gardé mon envie de lui interdire de mettre ses chaussures sur mes beaux coussins « nettoyage à sec exclusivement », parce c'était le genre de commentaires que ma mère aurait fait.

— Je vais faire du café, proposai-je en partant vers la cuisine.

— Super.

Il avait répondu d'un air distrait, toute la force de son amour focalisée à présent sur sa fille. Et c'était bien ainsi, songeai-je tout en moulant des grains de café que je versai ensuite soigneusement dans la cafetière sophistiquée que Dan venait d'acheter, et dont le mode d'emploi me semblait encore assez mystérieux.

C'était merveilleux que mon frère soit heureux. Je m'en réjouissais de tout mon cœur, à un point qui me surprenait presque moi-même. Nous avions grandi dans une maison dépourvue de joie, et j'étais déjà bien engagée dans ma vie d'adulte lorsque j'ai commencé à pouvoir croire que je ne serais pas malheureuse jusqu'à la fin de mes jours. Chad avait rencontré Luke, j'avais rencontré Dan, et nous avions réussi tous les deux à échapper à notre passé et à nous affirmer dans le présent. Il n'y avait aucune raison pour douter que nous parviendrions, chacun de nous, à bâtir un avenir radieux.

J'avais même réussi à entretenir un semblant de relation avec ma mère. Ce qui n'était pas encore le cas de Chad, même si j'espérais que son retour à Harrisburg avec Luke et Leah, unique petite-fille de ma mère, contribuerait à changer les choses.

Et je n'étais absolument pas jalouse de mon frère.

— Le café cou…

Je me tus en voyant Chad poser son index sur ses lèvres. Leah, recroquevillée sous un plaid, dormait sur le canapé. Je retournai en silence dans la cuisine tandis que Chad improvisait une barrière avec les coussins pour éviter qu'elle ne tombe.

Il me rejoignit parmi l'électroménager flambant neuf et les affiches encadrées, et prit de mes mains une tasse fumante qu'il but pratiquement d'une seule et longue gorgée reconnaissante.

— Ça fait du bien, dit-il en posant le mug sur le plan de travail. En ce moment, je tourne à la caféine. Et encore, Leah commence enfin à faire ses nuits, mais pendant six mois ç'a été l'enfer. D'après le pédiatre, un enfant de vingt-deux mois dort d'un trait, mais il semble qu'elle ait eu besoin d'un temps d'adaptation.

Moi, j'adore dormir. Le sommeil est pour moi l'un des plus grands plaisirs de la vie, et d'ailleurs je ne suis bonne à rien si je n'en ai pas eu ma dose.

— Alors, reprit-il, qu'est-ce qu'elle a dit à notre sujet ?

Il n'y était pas allé par quatre chemins. Il se releva pour se servir un autre café et prendre un muffin dans le frigo. Seule la tension de ses épaules trahissait son stress.

— Chaddie, tu veux vraiment savoir ?

Il se tourna vers moi.

— Oui, Ella. Je veux savoir.

Il m'avait appelée par mon ancien prénom que seule ma mère s'entêtait encore à utiliser. Le sous-entendu était clair comme de l'eau de roche.

Je n'osai répéter le commentaire de ma mère, même si mon embarras n'avait pas de sens. Chad la surnommait la Dragonne, après tout, et sa réaction ne risquait pas de le choquer. Mais je ne voulais pas le blesser, même par personne interposée.

— Alors ?

Je soupirai.

— Elle voulait savoir si la peau de Leah était très foncée.

Son visage resta absolument calme, et je compris qu'il bouillonnait de colère.

— Je vois. Et qu'est-ce que tu lui as répondu ?

— D'arrêter d'être ridicule.

— C'est vrai ?

Il souriait.

— Bien sûr. Je ne peux pas lui trouver d'excuses, Chad, mais tu la connais.

— Tu m'étonnes. Comme si ce n'était pas assez honteux que je sois gay, j'ai adopté une fillette noire pour enfoncer le clou. Imagine les voisins, ce qu'ils vont dire ! ricana-t-il avec une grimace. Et elle se demande encore pourquoi je ne vais pas la voir.

— Au moins, elle t'a demandé de le faire. Au moins elle ne nie pas ton existence.

Il ricana de nouveau.

— Tant qu'elle n'a pas accepté Luke et Leah, elle ne m'a pas accepté. Fin de l'histoire. Qu'elle aille se faire voir.

Je ris. Je connaissais évidemment les prénoms de son compagnon et de sa fille, mais les entendre ensemble m'avait fait glousser.

— Qu'est-ce qu'il y a ?

— Luke et Leah.

Je le regardai, hilare. Ce n'était pas possible qu'il n'ait pas fait le rapprochement entre leurs noms et ceux des héros de *La Guerre des étoiles*.

— Très drôle.

Mais il riait, lui aussi, et nos efforts pour étouffer nos éclats afin de ne pas réveiller sa fille n'ont servi qu'à déclencher un fou rire.

Peine perdue, d'ailleurs, car, à cet instant, la porte s'ouvrit et Dan annonça son arrivée d'une voix de stentor.

— Chérie, je suis rentré !

Leah se mit à pleurer faiblement et Chad bondit de sa chaise pour aller la rassurer, moi à ses trousses.

Mais il n'y avait pas de quoi se presser.

— Viens, poussin, ce n'est rien.

Lorsque je suis parvenue dans le salon, Dan avait déjà pris Leah dans ses bras, et ma nièce, qui le regardait les yeux grands ouverts, ne pleurait plus.

Mon cœur fondit.

Ce soir-là, je brossai mes dents, ôtai le maquillage, appliquai une crème hydratante. Les gestes de mon rituel nocturne étaient toujours les mêmes et je les exécutais, jour après jour, depuis des années, sans besoin d'y penser. C'était dans la répétition de cette routine immuable que je satisfaisais mon besoin de réconfort, car elle restait inchangée en dépit des événements qui avaient pu se produire dans la journée.

Cependant, lorsque je sortis la plaquette de pilules du tiroir, je ne fus pas capable d'en avaler une sans y réfléchir comme je l'avais fait, jour après jour, depuis des années.

Je songeai à jeter le cachet dans l'évier et à faire couler de l'eau dessus, pour l'envoyer dans les profondeurs des égouts. Pourtant, depuis que Dan et moi avions cessé de nous servir de préservatifs, j'avais mis toute ma confiance dans ce petit concentré d'hormones pour garder ma vie, et mon ventre, à l'abri d'une éventuelle grossesse.

Finalement, je l'avalai. Ensuite, et même si mon doigt semblait guéri, je pris aussi la dernière dose d'antibiotiques, parce que la notice disait qu'il fallait poursuivre le traitement jusqu'au bout. Je n'avais jamais été le genre de femme qui jette la prudence aux orties en passant outre à la prescription de son médecin. D'ailleurs, et me connaissant, il semble très peu probable que je le devienne un jour.

J'y songeai, cependant, lorsque j'enfilai sur ma peau nue une chemise de nuit avant de me glisser entre les draps à côté de Dan. Le gros polar qu'il était en train de lire lui avait glissé des mains, et sa respiration un peu ronflante m'indiqua qu'il sombrait déjà dans le sommeil, le menton appuyé sur la poitrine, les lunettes en équilibre au bout de son nez.

En les lui enlevant pour les poser sur sa table de chevet, je le réveillai. Je sentis son souffle chaud contre ma peau, et il m'enveloppa dans ses bras.

— Quelle jolie vue ! dit-il, ses yeux sur mon décolleté.

Il s'était passé plus d'une semaine depuis la dernière fois que nous avions fait l'amour d'une manière, disons, traditionnelle, si tant est que l'adjectif puisse s'appliquer à nos façons de le faire. C'était la plus longue période écoulée depuis notre mariage sans que je l'aie eu dans mon corps. Pour un couple qui aurait baisé encore plus souvent que nous, ça aurait pu constituer un symptôme inquiétant.

Dan eut l'air ravi lorsque je le chevauchai, et encore plus lorsque je déboutonnai la rangée de petites perles sur le devant de ma nuisette. Il enroba mes seins et les pressa l'un contre l'autre, je tremblai au contact de sa langue sur ma peau, et mon pouls s'accéléra. Il les embrassa et en suça la pointe, successivement, gentiment. Entre mes jambes, plaqué contre mon sexe, le sien se durcit, et la flanelle de son pyjama me sembla une caresse. J'avais envie de me frotter contre lui, mais je me retins.

— Enlève ça.

Et, sans attendre, il commença à retrousser lui-même la nuisette sur mes hanches. J'obéis à son ordre, et l'ôtai complètement.

Mes seins frôlèrent son torse nu lorsque je me penchai sur son visage. Ses lèvres répondirent aux miennes, voraces, ardentes. Je l'embrassai, en enfonçant mes mains dans ses cheveux pour mieux atteindre son cou, que je mordis et léchai jusqu'à l'entendre gémir. Je sentis son sexe tressaillir contre le mien.

J'étais nue alors que Dan était à moitié vêtu, mais je n'y vis pas un désavantage. Si rapport de pouvoir il y avait, c'était moi qui me trouvais aux commandes. Et même si j'avais eu la moindre intention d'arrêter le jeu, j'aurais changé d'avis lorsque la main de Dan vint fureter entre mes cuisses. J'avais joui, et très fort, au cours des dix derniers jours, mais je n'avais pas eu d'orgasme avec lui dans mon corps, et je ne pouvais plus attendre.

Je guidai son sexe en moi, et il émit ce petit bruit que je n'aurais pas su définir, mais que j'adorais. J'étais déjà si excitée qu'il put me pénétrer d'une seule poussée, paupières closes, en s'arc-boutant pour me remplir complètement.

Nous sommes restés ainsi un instant, immobiles, nos respirations allant crescendo et mon cœur battant à tout rompre dans ma poitrine. D'un geste lent, il se mit à agacer mon clitoris, et je ne pus que gémir, ébranlée par la décharge de plaisir qu'il avait provoquée.

Il rouvrit les yeux.

— Bordel, Elle ! Que j'aime t'entendre crier comme ça…

Je ris en commençant à me balancer doucement sur lui,

mais mon rire se brisa en un râle sous l'effet des cercles qu'il dessinait avec son doigt. Il savait mieux que moi ce que j'aimais. Je me redressai, mes mains en appui sur sa poitrine, toute mon attention concentrée sur le va-et-vient de nos corps en cadence.

Nous avons pris notre temps. Dans cette position, il n'était pas libre de ses mouvements, et c'était moi qui menais la danse. Avec des doigts sur mon sexe, je préférais y aller doucement.

Si le mariage avait induit un quelconque changement dans notre façon de faire l'amour, c'est que nous le faisons plus souvent dans le noir et dans notre lit comme j'imaginais, encore célibataire, que les couples « normaux » le faisaient. Cependant, ce soir-là je n'avais pas éteint la lumière, et je tirai un plaisir singulier à contempler le visage de mon mari. J'aimais la façon dont il plissait les yeux, la façon dont la transpiration fonçait ses cheveux blonds en leur donnant la couleur du sable mouillé, la façon dont ses pupilles se dilataient et assombrissaient ses yeux vert et bleu.

Je l'aimais profondément, éperdument. Pas seulement chaque trait et chaque membre, mais aussi la façon dont tous les éléments qui le constituaient s'assemblaient, j'aimais le tout qui en résultait. J'avais lié à jamais ma vie à la sienne et je ne le regretterai jamais. Alors, pourquoi l'idée de partager encore un autre bout de moi me paralysait-elle à ce point ?

J'eus envie qu'il vienne en moi plus fort, plus vite, plus profond. Je me penchai pour l'embrasser et, libéré de mon poids, il augmenta l'intensité de ses coups de reins. Son ventre frottait mon clitoris à chaque mouvement, et je commençai à crier, tout près de la jouissance. Mon sexe se contracta sur le sien, et il gémit, lui aussi. Ses mains pressaient ma peau glissante et s'accrochaient à mes hanches, et je sentais sur ses lèvres le sel de sa sueur.

La force de ses coups de reins me soulevait comme une plume, et en sentant venir l'orgasme, je fermai les yeux, pour les rouvrir aussitôt. Je voulais vraiment regarder son visage jusqu'au bout. Son regard éperdu m'indiqua qu'il était aussi sur le point de jouir, ce qui ajouta encore à mon désir.

— Elle, a-t-il dit d'une voix saccadée, je peux ? Tu es sûre ?

— Oui, mon amour, vas-y.

Le sexe rend parfois sublimes les mots les plus anodins.

Il secoua la tête, sans cesser pour autant de me baiser.

— Non, mon amour, je veux dire, je peux comme ça ?

Il ne parlait pas de mon orgasme, compris-je alors, mais du fait qu'il n'avait pas mis de préservatif — or, j'avais encore des antibiotiques plein le corps. Je l'ai aimé encore plus fort d'être si prévenant.

— Absolument.

Comme si je lui avais accordé la permission de jouir, son corps s'arc-bouta et il se laissa aller avec un grognement prolongé. Je sentis son sexe se tendre encore une fois en moi avant qu'il ne m'enlace violemment pour m'embrasser comme un damné.

Je ne pouvais pas sentir sa sève se répandre en moi, mais j'imaginais ce qui se passait à ce même moment à l'intérieur de mon corps. Je visualisais une armée microscopique mais nombreuse de spermatozoïdes qui envahissait mon ventre comme un pays conquis, chaque petite bête avançant vaillamment vers un objectif très précis. C'était ce soir que l'un d'eux allait l'atteindre ?

Avions-nous conçu un enfant ?

Et, le cas échéant, était-ce vraiment une bonne idée ?

Chapitre 2

Aucune personne en pleine possession de ses moyens n'aurait songé à me demander, à moi, de préparer une soirée pour célébrer la future naissance d'un bébé. Il est vrai, en même temps, que Linda, la sœur de Marcy, ne me connaissait pas. Ou alors c'est qu'elle n'avait pas toute sa tête. Quoi qu'il en soit, et en tant que meilleure amie officielle de Marcy, je fus vivement encouragée à prêter main-forte pour la préparation de la fête.

Comme c'était censé être une surprise, je fus chargée de trouver une excuse pour sortir Marcy de chez elle et l'amener au restaurant, mais la tâche s'avéra bien plus ardue que je ne l'avais prévu.

— Je suis une baleine, gémit-elle, affalée sur son canapé. Une grosse, une énorme baleine, Elle, je ne peux pas sortir dans la rue comme ça. Comment veux-tu que je m'achète des chaussures avec des pieds gonflés comme des ballons ?

— C'est une vente privée Prada, tu ne veux pas laisser passer ça. Allez, magne, grosse fainéante.

C'était un mensonge éhonté, mais cinquante personnes et un buffet à volonté attendaient notre arrivée.

— Je ne suis pas fainéante. Je suis K.-O.

— Chaussures, répétai-je, tentante et ferme à la fois.

— D'accord. Garce, dit-elle en me tendant sa main. Aide-moi à me relever.

J'avais envie de rire et en même temps j'avais envie de prendre mes jambes à mon cou. Et je n'avais surtout pas, en fait, la moindre envie de me retrouver à sa place, dans la situation d'une femme assignée à domicile sur son canapé dont le ventre disproportionné risquait de l'empêcher de voir les chaussures qu'elle était censée acheter. Mais j'aidais Marcy à se relever, comme, dans la voiture, je l'aidais à attacher sa ceinture, et le cocasse de la scène nous fit piquer un fou rire si prolongé que j'en eus mal au ventre.

Je n'aurais pas voulu non plus être cette femme qui éclata en sanglots lorsque tous ses amis crièrent « surprise ! » en chœur. Et si Marcy, aussi nature que d'habitude, ne sembla pas le moins du monde embarrassée, moi, à sa place, j'aurais été mortifiée de craquer en public, au même titre que si je m'étais fait pipi dessus. Pour rien au monde je n'aurais voulu me trouver dans la peau d'une femme qui n'a plus de prise sur ses émotions. Jamais de la vie.

— Tu es bien silencieuse, me dit Marcy un peu plus tard dans la soirée. Tout va bien ?

Elle tenait à la main une assiette débordant de petits-fours, et portait sur la tête un chapeau orné des rubans provenant des cadeaux qu'elle avait mis quarante minutes à déballer.

— Bien sûr, répondis-je en souriant. Tu t'en es tirée comme une championne.

— Je t'aime, s'exclama-t-elle soudain.

Et je vis ses yeux se remplir de nouveau de larmes. Les effusions physiques n'ont jamais été ma tasse de thé, mais je ne trouvais aucun moyen délicat d'échapper à l'accolade émue de Marcy.

— Oh ! Marce… Allez, un peu de tenue.

— C'était… c'était le meilleur… Tu es la meilleure amie du monde.

— J'ai juste aidé à organiser.

— Merci beaucoup, mais… Vraiment, je… Merci.

— De rien.

Que dire d'autre, sinon ?

Un ami vint alors la solliciter pour une photo, et je restai seule auprès de la table où se trouvaient les cadeaux qu'elle avait reçus pour le bébé. Des couches, des peluches, des couvertures, des tenues minuscules couleur layette… A peine quelques mois plus tôt, mon amie courait les boutiques de lingerie, et à présent sa vie avait complètement changé, et toute son attention se concentrait sur le petit étranger qui grandissait dans son ventre.

Mon départ discret passa inaperçu.

Je pris un long détour pour rentrer chez moi car j'avais besoin de me changer les idées, mais lorsque j'engageai la voiture dans l'allée, et que je vis une certaine voiture garée devant la maison, je regrettai de ne pas avoir prolongé davantage la balade.

Ma mère nous rendait rarement visite, mais toujours à l'improviste, sachant sans doute que si elle téléphonait avant, je trouverais une excuse pour me dérober. Depuis la mort de mon père, sa vie avait complètement changé et notre relation aussi, sans que, pour autant, on puisse prétendre au prix de la relation mère-fille la plus épanouie.

Mais si ma mère était loin de me considérer comme la fille idéale, en revanche elle adorait Dan, ce qui était pour moi une source intarissable d'amusement et de surprise, d'autant plus qu'au départ elle semblait fermement disposée à le haïr. Je n'ai jamais su ce qui avait provoqué ce changement, mis à part le fait qu'il me paraissait inconcevable que quelqu'un puisse ne pas aimer Dan. Cependant, et puisque de mémoire d'homme, ma mère n'avait jamais aimé qui que ce soit, chaque fois que je la voyais sourire à Dan, je me demandais quand elle allait sortir ses griffes.

Dan, de son côté, n'avait aucun doute quant à ses capacités à charmer ma mère. Je les observai à travers la porte de la cuisine avant d'y entrer. Il lui avait servi un café et lui proposait du lait, tout en lui expliquant quelque chose à grand renfort de gestes, tandis que ma mère le regardait en hochant la tête. J'aurais pu être jalouse de leur entente si j'avais vraiment tenu à ce qu'elle m'apprécie autant qu'elle avait l'air de l'apprécier. Heureusement, j'avais résolu la question depuis un bon moment.

— … Et aussi, enlever ce dallage et poser des parquets en chêne.

Je compris. Il était en train de lui expliquer les changements qu'il aimerait réaliser dans la maison. Dan parlait beaucoup de ces travaux et moi, je parlais surtout des frais qu'ils entraîneraient. En général, nous arrivions à trouver un compromis.

— Elle, salua ma mère par-dessus sa tasse. Tu es rentrée.

Je ravalai mon envie de répondre par un sarcasme, et à la place je souris.

— Bonjour, maman.

Dan s'approchait de moi pour m'embrasser.

— Comment c'était, la fête ?

J'avais besoin d'un café, je me servis.

— Fête, quelle fête ? demanda ma mère.

— Mon amie Marcy va avoir un bébé.

— Quelle chance a sa mère ! Elle doit être heureuse de devenir grand-mère.

Un silence glacial emplit soudain la cuisine. Je regardai Dan, que je sentais prêt à déguerpir. Très malin, mon mari.

— Maman, dis-je en regardant ma tasse. Tu *es* grand-mère, tu sais.

— J'ai un… truc à faire, à… là-bas, improvisa Dan en sortant de la cuisine avant que ma mère ne réponde.

— J'ai besoin d'une cigarette, dit-elle. Viens dehors avec moi.

J'avais appris à lâcher prise sur certains sujets, c'est pourquoi j'acceptai de l'accompagner. Ma mère alluma aussitôt sa cigarette et commença à fumer, le regard fixé quelque part dans notre jardin. J'attendis qu'elle parle.

— Il m'a envoyé une photo d'elle.

— *Elle* s'appelle Leah, maman. Et elle est adorable.

Ma mère me regarda de biais, tout en expulsant la fumée par le nez.

— Je sais que tu me trouves détestable. Mais je ne peux pas, Ella. Tout simplement…

— Oh ! mais pourquoi ? demandais-je, agacée par son ton dramatique. Parce qu'elle est noire ? Parce qu'il est gay ? Quel est ton fichu problème, maman ?

— Parce que je ne sais pas si je saurais être grand-mère !

Elle avait parlé d'une voix suraiguë et tremblante que je ne lui connaissais pas, en écrasant sa cigarette pour en allumer une autre dans la foulée.

J'eus besoin d'avaler plus de café avant de pouvoir répondre.

— Je croyais que tu voulais être grand-mère, franchement. Tu n'as pas cessé de lancer des allusions à ce sujet depuis que je me suis mariée.

— Ce serait différent si c'était toi.

— Pourquoi, quelle différence ?

Pour la première fois depuis que nous étions dehors, elle me regarda.

— Parce que tu es ma fille. C'est différent entre mère et fille.

Je doutais que notre relation puisse se définir dans ces termes, mais me gardai bien de le dire. Parfois, les choses qu'on a le plus envie de dire sont celles qu'il faut passer sous silence.

— Ce n'est qu'une petite fille, maman. Tout ce que tu as à faire c'est… c'est de l'aimer.

Je fus horrifiée par la façon dont ma gorge se serra en prononçant ces mots alors que des larmes menaçaient de déborder de mes yeux.

— Rien que ça, l'aimer.

Nous nous regardâmes pendant un long moment, tandis que la cigarette se consumait dans sa main sans qu'elle la fume.

— Je ne sais pas si je le peux, dit-elle d'un ton profond et sincère. Vraiment, je ne le sais pas.

Malheureusement, je comprenais qu'elle doute.

— Tu devrais au moins essayer, ai-je répondu cependant.

Depuis quand les rôles s'étaient-ils inversés ? Depuis quand c'était moi qui savais ce qu'il fallait faire et comment le faire ? Comment ma mère était-elle devenue un enfant qu'il fallait guider ?

— Peut-être que nous pourrions… les voir ensemble, finit-elle par proposer après une autre minute interminable. Est-ce que… tu accepterais de m'accompagner ?

C'était une question, et non pas un ordre. Je n'arrivai pas à me souvenir d'une autre occasion où elle m'avait demandé quelque chose sans escompter mon obéissance.

Et bien que nous ne nous touchions jamais, je tendis ma main pour serrer la sienne.

— Oui. Je viendrai avec toi.

Quelques jours plus tard, à la fin de mes règles, qui étaient venues comme d'habitude, je me retrouvai dans la salle de bains, une nouvelle plaquette de pilules dans la main. Je n'avais pas encore décidé si je voulais l'entamer. Ou pas.

— Elle, tu viens ?

— Une minute.

Je fis tomber un comprimé dans ma paume, mais j'hésitai avant de l'avaler.

Je venais de prendre ma douche et le miroir, comme d'habitude, était couvert de buée. Des mèches mouillées collaient à mon visage et je m'étais drapée à la va-vite dans une serviette, de sorte que, lorsque Dan passa la tête par la porte et que je me retournai, elle glissa.

— Jolie vue, dit-il, tout sourire.

Tout en lui rendant son sourire, je retins la serviette de ma main libre, la pilule encore enfermée dans mon autre poing.

Il entra, nu et à l'aise, et tira sur le tissu-éponge avec une grimace malicieuse. Je résistai un peu pour la forme, mais laissai tomber assez vite sans véritablement lutter. Je me retrouvai aussi nue que lui, et il posa sa main entre mes jambes en me regardant dans les yeux.

— Salut, toi, murmura-t-il.

— Tu es un pervers incorrigible.

Il haussa les sourcils.

— Pourquoi, parce que je n'ai qu'une envie, et c'est

de lécher ta chatte jusqu'à t'entendre crier de plaisir, là, tout de suite ?

Son langage cru me fit glousser. Et m'excita, aussi.

— Tu parles, tu parles, mais je ne te vois pas te mettre à genoux devant moi.

Il s'accroupit si soudainement que je crus qu'il tombait, et je sentis son souffle chaud brûlant entre mes cuisses qui s'ouvrirent d'elles-mêmes. Je reculai d'un pas pour m'appuyer contre le marbre du lavabo.

— Mieux, comme ça ? demanda-t-il, le visage enfoui dans ma toison.

J'oubliai la repartie mordante qui m'avait traversé l'esprit lorsque sa langue frôla mon sexe. J'enfonçai ma main dans ses cheveux, qui avaient besoin d'être coupés, mais qui étaient parfaits pour que je m'y accroche.

Il écarta doucement mes cuisses et effleura mon clitoris du bout des doigts. En penchant la tête, j'aurais pu le regarder empoigner son sexe, mais les vagues de plaisir qui m'envahissaient demandaient toute mon attention, et je me contentai de poser l'autre main sur son épaule. Elle vibrait au rythme des mouvements de son bras, et c'était comme si c'était moi qui le caressais.

La tête renversée, je me perdis dans les sensations que sa bouche humide et chaude produisait dans mon sexe chaud et humide. Lorsqu'il introduisit un doigt, puis un autre, en moi, je criai. Parfois, je mettais longtemps à jouir de cette manière, et parfois même, je n'aimais pas du tout — mais pas ce soir. Non, ce soir, je n'avais qu'une envie, c'était de frotter mon sexe contre son visage et de le chevaucher… Et, j'avoue, c'est ce que je finis par faire.

Ses doux grommellements et le bruit glissant de son sexe qu'il branlait m'encouragèrent. Il me léchait goulûment, encore et encore, et je me déhanchai pour mieux sentir sa langue contre mon clitoris.

J'allais jouir. Il allait jouir. Et, cerise sur le gâteau, il n'y avait aucun risque, mais vraiment aucun, que je tombe enceinte de la sorte.

Dan finit avant moi, en laissant échapper ce bruit entre le râle et le sanglot que je connaissais si bien. J'aspirai son odeur si familière et mon orgasme éclata, en effaçant le monde autour de moi, le temps d'un instant infini. Puis je respirai de nouveau, mon souffle étranglé et pantelant.

Lorsque je rouvris les yeux, il me regardait avec le sourire d'un matou devant un festin de crème. Il se releva et m'embrassa sur la bouche, et je le serrais fort dans mes bras.

— Je t'aime, dit-il en m'embrassant encore avant de sauter dans la douche.

Je l'entendis siffloter, guilleret, et j'enviai sa capacité à passer d'un moment à l'autre de façon si fluide.

Dans le miroir, je regardai un instant mon visage en feu jusqu'à ce que la buée le voile de nouveau. Je m'aperçus alors que je gardais encore le poing serré, si fort, que j'en avais mal. Je relâchai mes doigts : la pilule était encore là, bien sûr, à moitié fondue contre ma peau. Je l'avalai sans hésiter, en léchant ma paume consciencieusement jusqu'à ce qu'il ne reste plus rien.

Chapitre 3

Pendant toute mon enfance, ma mère organisait chaque année une veillée de Noël, mais nous, les enfants, étions bannis du rez-de-chaussée pendant que les adultes mangeaient, buvaient, fumaient et jouaient aux cartes. C'était une fête pour les grands, jamais pour nous. Je regardais ma mère depuis ma cachette en haut de l'escalier, toujours impeccable et parfaite dans sa tenue impeccable et parfaite avec son maquillage et sa coiffure impeccables et parfaits. L'hôtesse impeccable, la maîtresse de maison parfaite. J'ai grandi en croyant que c'était ainsi qu'une femme devait être. Et une bonne mère aussi.

Mais moi, je ne lui ressemblais en rien.

Comme la soirée à laquelle nous étions conviés ne ressemblait en rien à celles qu'elle avait organisées jadis avec tant de précision. Lorsque Dan se gara devant l'allée de mon frère, des gosses sortaient en trombe de la maison, bruyants et excités. Ma mère lâcha un soupir aussi audible que tendu, mais, par chance, elle eut aussi le bon sens de garder pour elle le commentaire sans doute caustique qui lui traversait l'esprit, et elle sortit en silence de la voiture.

Mon ancienne voisine, Mme Pease, m'avait fait don de

son saladier préféré avant de partir s'installer chez son fils. Cependant, et malgré la patience qu'elle avait déployée pour m'apprendre ses meilleures recettes, c'était Dan qui avait rempli le gros bol de sa célèbre « salade de pâtes à la Dan ». Il me prit le récipient des mains pour que je puisse sortir, et me vola un baiser par la même occasion.

— Détends-toi, murmura-t-il à mon oreille. Tout va bien se passer.

Des bruits de musique et de conversations arrivaient depuis la cour arrière, en même temps qu'une odeur de barbecue qui me mit l'eau à la bouche. Ma mère portait un petit plateau avec des sablés maison qu'elle avait évidemment préparés elle-même. Je n'étais pas dupe, cependant, et je savais que son geste obéissait moins à un élan du cœur qu'à son sens aigu des convenances sociales : elle était aussi capable de se présenter à une fête les mains vides que de cracher sur le trottoir. Ses mains tenaient le plateau si fort que je distinguais ses articulations blanchies à cause de la tension.

— Maman ?

Elle se tourna pour me regarder, sa bouche pincée en une ligne fine et dure.

— Finissons-en au plus vite.

J'aurais pu la gifler, là, vraiment. Par chance, la main de Dan serrant mon bras m'en empêcha. Je me retournai vers lui et son sourire m'aida à refouler mon côté malveillant.

— Allons dans la cour, d'accord ? proposa-t-il en la regardant.

Ma mère hocha la tête, juste une fois, et commença à avancer d'un pas saccadé, très différent de son élégante démarche habituelle. Dan posa gentiment sa main sur son épaule.

— Laissez-moi porter le plateau.

Je crus qu'elle allait refuser, mais, après une seconde d'hésitation, elle accepta.

— Oui, merci. Je crois que… Ella, peux-tu me montrer où se trouvent les toilettes, s'il te plaît ? Je crois que je veux me rafraîchir un peu.

Le regard de Dan refréna, encore une fois, la réplique acerbe qui me montait aux lèvres.

— Bien sûr.

Elle hocha la tête de nouveau, et Dan s'en alla vers la cour. Je guidais ma mère à travers le porche et la cuisine, où je posai le saladier avant de lui montrer la salle de bains.

La maison de mon frère, située dans la banlieue résidentielle d'Harrisonburg, était plus récente que la mienne. Les anciens propriétaires adoraient apparemment la décoration rustique, à en juger par la frise avec des pommes et des poules qui longeait la cuisine et le garde-manger attenant, et qui jurait avec les meubles contemporains que mon frère et Luke avaient apportés de Californie. Des jouets et des poupées débordaient de bacs en plastique de couleurs vives disposés un peu partout, qui n'étaient pas non plus spécialement assortis au reste du mobilier.

A travers la baie vitrée, je pouvais voir le compagnon de mon frère en tablier, coiffé d'une couronne en carton, officier devant le barbecue. Dan salua mon frère, qui lui mit aussitôt dans la main une bouteille de bière. Curieusement, je m'aperçus que, bien qu'il y ait quelques femmes parmi les invités, c'étaient plutôt les hommes qui surveillaient les groupes d'enfants surexcités qui couraient autour des balançoires et saccageaient la pelouse.

— Ella, mon Dieu ! s'exclama ma mère en revenant vers moi.

Elle avait remis du rouge à lèvres et brossé ses cheveux, et je pus même sentir un nuage de parfum fraîchement vaporisé. Les craintes qui l'avaient rendue hésitante quelques minutes plus tôt semblaient avoir disparu sous la couche de maquillage qu'elle portait comme un bouclier.

— Savais-tu… Avais-tu vu ces chats, dans la salle de bains ?

A l'entendre, on aurait pu imaginer que les murs étaient couverts d'images de membres amputés et sanglants. En même temps, j'étais allée dans cette salle de bains, et je devais bien lui accorder que des membres amputés auraient sans conteste été moins perturbants que ces horribles chats !

— Oui.

— Une baignoire décorée de chats !

Elle semblait anéantie.

— C'était déjà dans la maison, maman.

— Evidemment, répondit-elle avec un soupir excédé, je sais que ton frère a meilleur goût que cela.

La porte coulissante s'ouvrit et Chad rentra en clignant les yeux pour s'habituer à la pénombre.

— Salut.

Ma mère se raidit.

— Chad.

Leur étreinte était si empruntée qu'une gêne indéfinissable m'envahit, pourtant, lorsque Chad me prit dans ses bras, le geste sembla on ne peut plus naturel. Je sentais le regard de ma mère sur nous, et je me demandai ce qu'elle ressentait en voyant ses enfants plus à l'aise entre eux qu'avec elle. Mais peut-être ne s'apercevait-elle de rien. Peut-être était-ce moi qui analysais trop les choses.

La porte s'ouvrit de nouveau, en laissant pénétrer l'odeur de viande grillée mélangée aux cris des enfants, et Luke entra, avec sa carrure imposante et des bras gros comme mes cuisses. Il portait une assiette pleine de hamburgers qu'il posa sur le plan de travail. Dan lui emboîtait le pas, Leah recroquevillée dans ses bras.

— Madame Kavanagh, salua Luke, sans pour autant se pencher pour l'embrasser. Ravi que vous ayez pu venir.

La cuisine sembla soudain beaucoup trop étroite pour contenir la tension qui se dégageait de nos regards croisés. Dan posa la petite à terre et se pencha pour lisser sa jolie robe blanche, tout en froufrous et dentelles. Elle portait aussi des chaussettes ajourées et de ravissantes chaussures vernies, blanches aussi. Ses deux pères, qui la considéraient comme une princesse, l'habillaient en conséquence.

Ma mère ne bougea pas et garda les yeux rivés au sol, le visage figé en une expression indéchiffrable. L'embarras général étouffait toute velléité de conversation qu'on aurait pu avoir.

De façon inattendue, Leah trottina vers elle et, avec un sourire désarmant, elle enlaça ses genoux de ses petits bras potelés.

— Mamie.

Ma mère se pencha alors vers la petite fille qui serrait ses jambes et froissait sa jupe.

— Mamie, répéta Leah. Bras, mamie.

Elle tendit les bras comme si elle demandait la chose la plus naturelle du monde et qu'on ne saurait le lui refuser. Et ma mère, qui n'avait pas encore parlé à ses amis de la fille de son fils, se pencha et la souleva comme si elle n'avait pas le choix. Elle avait dû nous porter ainsi, mes frères et moi, sans doute, pensai-je. Lorsqu'on était petits.

— Elle me connaît ? s'étonna-t-elle.

— Nous lui avons montré des photos, répondit Chad, d'un ton non exempt de défi. Elle est très intelligente.

Pour encore un très long instant, nous sommes tous

restés figés dans l'attente. Luke et Dan avaient peut-être une idée de ce à quoi ils s'attendaient, mais ils ne connaîtront jamais ma mère aussi bien que Chad et moi. Et si je n'ai jamais connu les attentes de mon frère, je sais que moi, je craignais que ma mère ne ruine l'instant.

— Eh bien, Leah, gazouilla-t-elle à mon immense surprise. Tu es très éveillée, hein ? Tu es une petite fille très, très éveillée.

Au vu de la vague de soulagement qui envahit ma poitrine, je suis encline à croire que chez mon frère le sentiment prit des proportions de tsunami.

Après cela, il y avait des invités à nourrir, des enfants à amuser. Chad et Luke savaient recevoir, et si leur soirée n'avait pas l'éclat de celles données jadis par ma mère, je considérais comme une amélioration remarquable le fait d'y avoir été invitée.

Plus tard, Dan vint me voir alors que je me tenais à l'écart dans une partie du jardin que les enfants n'avaient pas découverte. J'avais mangé plus qu'à ma faim et pourtant j'avais encore sur les genoux une assiette pleine de bonnes choses. Il la prit et s'assit sur la chaise à côté de la mienne pour picorer dedans.

— Belle soirée, hein ? fit-il en commençant à piquer des morceaux avec sa fourchette.

— Oui.

Je le regardai manger avec cette tendresse que les femmes montrent parfois envers les manières rustres de leur homme alors qu'elles les auraient trouvées intolérables chez autrui.

— Tu as un peu de… truc, là, sur la bouche.

Il se pencha vers moi comme s'il allait m'embrasser, mais, devant ma grimace, il s'arrêta à mi-chemin en riant, et s'essuya la bouche avec une serviette en papier.

— Mieux ?

— Oui.

Je regardai vers la terrasse, où ma mère s'était installée sur une chaise avec Leah, endormie, dans ses bras.

Dan suivit mon regard.

— Excellent, n'est-ce pas ?

— Inattendu, surtout.

Il posa l'assiette sur la pelouse et s'affala contre le dossier de son siège avec un soupir de contentement, les mains croisées sur le ventre.

— Tu ne lui accordes pas assez de crédit.

Je haussai un sourcil impérieux. Nous avions déjà eu cette conversation. Dan avait cette chance de ne pas pouvoir imaginer ce que c'était d'avoir grandi auprès d'une mère froide et distante, car la sienne aurait pu passer pour une caricature de la mère poule si son amour maternel n'avait pas été si profondément viscéral et sincère.

— Les enfants font changer les gens à un point inimaginables, Elle.

— Peut-être.

Ma mère contemplait, émerveillée, le visage de sa petite-fille. M'avait-elle regardée, moi, de la sorte, lorsque j'étais enfant ? Sans doute, pensai-je, dans un passé très lointain. En dépit de tout ce qui s'était passé ensuite entre nous, et malgré l'accumulation d'événements douloureux et des crises permanentes, elle m'avait regardée un jour avec ce mélange de dévotion et de ravissement dans les yeux. Ma mère m'avait aimée.

— On s'en va ? demanda Dan en ramassant les restes.

En effet, j'avais envie de partir. J'adorais mon frère, mais le niveau sonore de la soirée m'avait donné la migraine.

J'allai dire au revoir à Chad et à Luke, et si personne ne mentionna le comportement étonnant de ma mère, c'était que nos regards rendaient les mots inutiles. Je m'approchai ensuite de ma mère pour embrasser ma nièce.

— Elle est lessivée, dit ma mère en caressant ses bouclettes brunes. Beaucoup trop d'excitation pour un bout de chou.

— Nous partons, maman.

Elle me regarda avec l'expression la plus douce que je n'aie jamais vue sur son visage.

— Ton frère me raccompagnera, allez-y, vous.

— Tu es sûre ?

Elle tourna de nouveau son regard vers Leah.

— Mais oui… je ne veux pas la réveiller.

Je partis sans l'embrasser parce que ce n'était pas dans nos habitudes, et la laissai berçant l'enfant que, quelques jours plus tôt, elle doutait de pouvoir aimer.

Une fois dans la voiture, je fus prise d'un rire nerveux.

— Bizarre, bizarre, bizarre.

— Allons, Elle, tu savais qu'elle allait bien réagir.

Dan avait plus de foi en moi que moi-même, mais ce n'était qu'une raison parmi les nombreuses autres que j'avais de l'aimer.

Plus tard, à la maison, il vint m'enlacer alors que je me regardais dans la glace en pied de notre chambre.

— Je vais exploser, me plaignis-je.

Il caressa la courbe arrondie de mon ventre trop plein.

— Je peux t'aider à brûler quelques calories.

— Bien sûr. Tu n'as qu'à me rouler dans le lit comme la gamine dans le film *Charlie et la chocolaterie*.

— Veruca Salt ?

Je ris.

— Non, celle qui mange une pilule qui la convertit en une myrtille géante.

Dan m'obligea à faire un quart de tour et s'adressa à notre reflet dans la glace.

— Tu n'as pas viré bleue.

— Mais je suis toute ronde. Oh ! mais pourquoi j'ai mangé autant ?

— Tu voulais sans doute engranger des réserves pour tenir jusqu'au bout de la nuit, dit-il en haussant les sourcils d'un air diabolique.

Je roulai des yeux.

— C'est cela même, oui.

Ses mains sur mon corps, cependant, produisaient déjà leur effet habituel. Il caressa mes hanches, et mon ventre, qui avait définitivement besoin d'une séance quotidienne d'abdos. Il glissa sa main entre mes cuisses.

— Je te préfère avec des courbes, dit-il, sa main tout près de la jointure de mes jambes.

— Tu ne me connais qu'avec des courbes ! Tu n'as pas de point de comparaison.

Ses caresses légères mais troublantes rendaient ma voix rauque.

— Tu as déjà été plus mince, rétorqua-t-il en enveloppant un de mes seins d'une main. Lorsque je t'ai rencontrée, et aussi juste avant que l'on se marie. Et l'année dernière lorsque tu hésitais à quitter ton travail.

Ma sensibilité féminine m'incitait à me vexer, même si je savais qu'il avait raison.

— C'est mignon. Merci de me rappeler que j'ai grossi.

Dan me serra contre lui, nos corps nus se frôlaient. Il me regarda dans les yeux.

— Tu me plais davantage lorsque tu es en chair. Vraiment.

Je refusais de le croire.

— Pourquoi diable tu me préfères grosse ?

— Pas grosse, pulpeuse.

Il plongea sa tête entre mes seins, et les embrassa, tour à tour. Ma respiration s'accéléra avec les avancées de sa main dans la chaleur humide de mon sexe, sa bouche vorace suça plus fort mes mamelons, et mon pouls battit la chamade dans les endroits les plus secrets de mon corps.

Il parsema ma peau de baisers en remontant vers mon épaule, puis mon cou, puis finalement ma bouche. Son sexe devint plus dur contre mon ventre, et même si j'étais plus épaisse là qu'ailleurs, ça ne m'empêcha pas de le sentir. Lorsqu'il me renversa sur le lit, je n'offris pas la moindre résistance.

Nos corps emmêlés chauffèrent très vite les draps propres et frais. Il m'embrassa sans relâche, sa main toujours entre mes cuisses. Il glissa un doigt entre les plis de mon sexe, et le laissa remonter doucement, tout doucement, jusqu'à mon clitoris. Avec cette connaissance parfaite de mon corps qui me désarmait et me laissait absolument à sa merci.

— Mets-toi à quatre pattes, ordonna-t-il.

Il avait le don de deviner exactement mes envies sans que j'aie besoin de demander.

J'obéis, en m'agrippant à l'oreiller tandis qu'il se plaçait derrière moi. Là, après avoir frotté son sexe contre le mien, déjà trempé de désir, il entra en moi, lentement, centimètre par centimètre, jusqu'à ce que je pousse mes hanches pour l'accueillir tout entier.

Nous gémîmes à l'unisson, il s'accrocha à mes hanches et j'imaginai ce qu'il voyait de moi à ce moment, la ligne saillante de ma colonne sous la peau de mon dos. J'enfouis mon visage dans le coussin et me cambrai pour lui donner un meilleur accès à mon sexe.

Il me pénétra profondément. Certains jours, il m'arrivait

de penser qu'il ne me comblerait jamais complètement, des jours où je dénombrais mes espaces vides en sachant qu'ils le resteraient, des jours où ce sentiment prenait toute la place, où je désespérais en secret… Mais il y avait tellement plus de jours comme celui-ci, où ces craintes devenaient si insignifiantes que j'en oubliais leur existence.

Ses coups de reins devinrent plus passionnés, et j'écartai encore les cuisses pour prendre tout ce qu'il me donnait. Sans cesser de bouger, il se plaqua contre mon dos, et, enveloppée dans sa chaleur, je tendis mon bras pour presser sa main sur mon sexe, même si j'étais si près de l'orgasme que j'aurais pu me passer de caresses. Le plaisir monta et monta tandis qu'il me faisait l'amour, et le temps suspendit son vol.

Parfois je jouissais fort et vite, mais ce soir-là je chevauchai les vagues d'un orgasme lent et progressif. Le plaisir croissait et décroissait pour monter encore. Mon corps se tendit au rythme de nos mouvements saccadés, sous les poussées de plus en plus rapides de Dan. La chaleur enflamma mon corps et je mordis l'oreiller pour étouffer mes cris.

Nos corps cognaient l'un contre l'autre, et j'étais si excitée que je trempais le haut de mes cuisses. Je respirai l'odeur de l'assouplissant sur la taie de l'oreiller mais, lorsque je tournai la tête, l'effluve familier et musqué du sexe m'emplit, renversant. J'inhalai goulûment l'air saturé de nos odeurs mêlées. Je voulus le boire, le manger. Je voulus ne vivre que pour l'odeur et le goût de mon homme, n'exister que pour ce plaisir qui m'envoyait dans une voûte infinie de néant.

— Compte-les, dit la voix de Dan, épaissie par le désir, un râle, presque. Compte pour moi.

Ma vieille habitude de tout compter avait diminué depuis notre mariage, mais, lorsqu'il me le demanda, je n'hésitai pas.

— Un, criai-je lorsque le premier orgasme explosa dans mon ventre.

Et une minute après :

— Deux.

Et un peu plus tard, mais pas longtemps :

— Trois !

Trois, c'était le maximum que je puisse endurer. Je tressaillis avec le troisième pic de plaisir, mes mains empoignant les draps froissés. Dan plongea en moi encore une fois avec un cri qui me fit sourire.

Il s'arrêta un bref instant avant de me pénétrer doucement une ou deux fois, puis il se désengagea pour se laisser tomber comme un fardeau sur le matelas. Un liquide chaud coula entre mes cuisses et je laissai échapper un cri en resserrant mes jambes.

Il rit.

— Désolé.

Il ne l'était pas. Quant à moi, je m'en fichais.

— Bah, la rançon du succès.

Je m'allongeai sur le dos pour occuper sciemment son côté de lit avec un sourire qu'il ne remarqua pas tout de suite. Lorsqu'il s'en aperçut, il roula de l'autre côté et, sa main sur mon ventre, il fureta dans mes cheveux avec son nez.

— Tu vas me laisser dormir sur le côté mouillé ?

— Evidemment, dis-je avec un soupir de satisfaction.

Mes paupières se fermaient déjà sous le poids du sommeil et je contins un bâillement avec le dos de ma main.

— C'est du joli, ricana-t-il doucement.

Sa main traça des cercles hypnotiques sur mon estomac.

J'allais devoir me relever pour aller aux toilettes, me brosser les dents, prendre une douche. Mais pour l'instant, blottie contre mon mari, je me trouvais dans une sorte de nirvana qui m'empêchait de bouger.

Je posai ma main sur la sienne pour éviter qu'il ne la retire. Je pensais à Marcy et à son ventre incroyablement volumineux qui semblait appartenir à quelqu'un d'autre. Et c'était quelqu'un d'autre. Elle se plaignait sans cesse d'avoir grossi, mais je savais que c'était pour la forme. Elle râlait toujours avec une grimace de satisfaction intime, ses mains sur son gros ventre comme si elle protégeait le plus précieux des trésors.

— Tu préfères vraiment lorsque je suis plus pulpeuse ?

J'avais failli m'endormir, mais, pour le coup, Dan m'avait pratiquement devancée.

— Mmm…

— Mais pourquoi ?

Je parlais dans un murmure en caressant ses cheveux. Je ne m'attendais pas vraiment à une réponse, ce n'était pas nécessaire. Quoique Dan puisse me répondre, j'allais aimer et détester mon corps à parts égales.

— Parce que ça veut dire que tu es plus heureuse, marmonna-t-il contre ma peau.

Ce n'était pas la réponse que j'avais imaginée, mais je savais qu'il avait raison. J'attendis jusqu'à ce qu'il commence à ronfler pour me dégager doucement et filer à la salle de bains, où je nettoyai avec langueur les traces de nos ébats sous l'eau chaude.

C'était souvent sous la douche que je réfléchissais le mieux, et la journée écoulée m'avait donné beaucoup de fil à retordre. Ce que Dan avait dit était vrai. J'avais été plus mince par le passé, mon visage creux et mes hanches saillantes comme deux crêtes surplombant la vallée de mon ventre ; j'avais pu compter mes côtes et voir le profil précis des os de mon poignet. A présent, les lignes de mon corps s'étaient arrondies, et bien que je ne sois aucunement en surpoids, le changement était aussi patent qu'indéniable. Et j'étais plus heureuse, la question ne se posait même pas.

J'étais heureuse avec Dan, avec notre mariage et avec notre vie. Avec notre maison. Ma situation professionnelle, sur laquelle je m'étais tant interrogée pendant quelque mois, s'était stabilisée ; mon frère habitait tout près et la relation avec ma mère s'était apaisée : j'avais quelque chose qui ressemblait à une vie de famille, sans parler du fait que les parents de Dan m'avaient adoptée comme la fille qu'ils n'avaient jamais eue. J'avais des amis, du succès et une bonne santé.

Et je pleurais en pensant à tout cela, terrorisée par l'idée que ce bonheur fragile pouvait disparaître d'une seconde à l'autre.

Les larmes déroutent et confondent les hommes, tandis que les femmes connaissent leur pouvoir apaisant. Et je ne pleurais pas parce que je me sentais incapable de mener ma vie, mais parce que je savais que je l'étais. L'eau ruisselante couvrit mes sanglots et lava mes larmes avant que j'aie pu goûter leur sel.

Un quart d'heure plus tard, lorsque j'eus pleuré tout mon soûl, je coupai l'eau chaude et restai quelques secondes sous le coup de fouet rafraîchissant de la douche glacée. Puis je sortis.

Une fois sèche, je me plaçai devant la glace, et ce que je voyais ne me déplut pas. Ni mes rondeurs ni le diamètre de mes cuisses, et je tartinai soigneusement tout mon corps de crème sans regretter un instant qu'il y ait plus de centimètres à hydrater que quelques mois auparavant.

Le miroir me montra la courbe arrondie de mon ventre, qui n'approchait pas cependant, loin s'en fallait, le volume qu'il atteindrait lors d'une grossesse. Je mis mes mains dessus, en tentant de m'imaginer enceinte, avec un gros ventre et des seins lourds. Mais c'était tellement l'inconnu, que je n'y parvins pas.

Dan n'était pas revenu sur la question du bébé, mais il n'avait pas oublié, j'en étais certaine. Je l'avais vu avec Leah. Je savais qu'il voulait que nous fassions un enfant, voire *des* enfants, comme je savais qu'il nous croyait capables de devenir de bons parents, des parents aimants.

Il s'en sentait capable. Et il m'en croyait capable. C'était moi, et moi seule qui doutais de mes capacités.

Ma mère ne s'était pas crue capable d'aimer l'enfant d'un inconnu, même si Leah était devenue la fille de son fils au même titre que s'il l'avait engendrée. Je n'étais pas naïve au point de croire que les choses puissent changer du tout au tout en un seul jour, mais je ne pouvais pas non plus oublier l'expression de ma mère en regardant Leah.

Ma mère avait aimé ses enfants. Pour être parfaitement honnête, je devais reconnaître qu'elle les aimait encore, même si cet amour était souvent très difficile à déceler. Et si ma mère avait pu nous aimer, et aimer à présent la fille de Chad, eh bien… peut-être que, moi aussi, je pourrais aimer un bébé.

Chapitre 4

Je ne m'aperçus de ma négligence que le lendemain : j'avais oublié de prendre une pilule. Je vérifiai plusieurs fois la tablette, confuse : j'avais bel et bien loupé un comprimé, chose qui ne m'était jamais arrivée, pas une seule fois, au cours de tant d'années d'utilisation quotidienne.

Je savais parfaitement qu'en cas d'oubli, il fallait prendre les deux, la pilule oubliée et celle du jour afin d'éviter un accident, mais au moment de les mettre dans ma bouche, j'hésitai. Que se passerait-il si je n'en prenais qu'une et que je finissais ma plaquette comme si de rien n'était ?

J'aurais pu calculer le risque aisément si j'avais eu sous les yeux les statistiques, j'étais très forte avec les chiffres, mais finalement je me contentai d'avaler un cachet, après quoi, j'ouvris le robinet et laissai l'autre partir par la bonde du lavabo.

— Tout va bien ? demanda Dan en me regardant par-dessus son bouquin lorsque je retournai dans la chambre.

Il venait de commencer un autre de ses polars à la couverture tapageuse, mais il le mit de côté, un doigt entre les pages, en me voyant approcher.

— Oui.

Je lui pris le livre des mains pour le poser sur la table de nuit.

— Ah, tu es venue me distraire…

Il enleva ses lunettes et croisa les mains sous sa tête.

— En effet.

Nous sourîmes, et je fis courir mon doigt sur sa poitrine jusqu'aux draps qui le couvraient, mais lorsque je les repoussai, je secouai ma tête d'un air moqueur.

Il contempla son pantalon de pyjama en coton.

— Enlève-moi ça, dit-il.

— Toi, enlève-moi ça, répondis-je en me redressant.

Il passa ses pouces sous l'élastique de son pantalon avec un regard fripon mais je l'interrompis d'un geste et allai m'installer sur le rocking-chair.

— Non, pas comme cela, dis-je. Je veux te regarder.

Il se releva, et je pus constater qu'il était déjà plus qu'excité.

— Tu veux de la musique ? demanda-t-il.

— Non.

Je gardai un visage neutre, malgré mon envie de pouffer, car si j'avais ri, j'aurais ruiné l'ambiance.

Dan se tint devant moi, les doigts toujours accrochés à l'élastique.

— Tu veux juste que je les enlève, ou tu as une idée derrière la tête ?

— Surprends-moi.

J'écartai mes jambes, et ma nuisette remonta sur mes cuisses. Je ne portais rien au-dessous.

L'étincelle dans ses yeux et sa façon de passer la langue sur ses lèvres me mit déjà dans tous mes états. Dan n'avait pas à se soucier des kilos en trop, il avait eu une chance folle au Loto de la génétique. Il me regarda, déhanché en une pose suggestive.

Je retroussai encore ma nuisette et effleurai le duvet entre mes cuisses. Je ne me caressai pas, pas encore. Mais mon geste portait dans son audace une promesse.

Dan se laissa aller à son penchant joueur. C'était si sexy. Sans cesser de me regarder, il fit courir ses mains sur son torse, de haut en bas, et sur son ventre aussi. Il parcourut les lignes bandées de ses abdos, les creux de ses côtes. Il lécha le bout de ses doigts et en traça des cercles autour de ses mamelons. Il aurait pu avoir l'air ridicule, mais je sentis ma gorge se serrer.

Ce n'était pas un strip-tease lascif et effronté, mais plutôt une exploration langoureuse de son corps. Ses yeux ne quittaient pas les miens, et ma main glissa de nouveau vers mon sexe, sauf que, cette fois-ci, je m'attardai sur mon clitoris et je me caressai, sans quitter des yeux ses mains, qui frôlaient sa peau comme j'aurais voulu le faire.

Il se tourna en faisant glisser son pantalon d'à peine quelques centimètres, juste assez pour que je puisse voir la petite parcelle de duvet au bas de son dos, qu'il savait que j'adorais lécher, qu'il adorait que je lèche. Il baissa encore l'élastique jusqu'à la naissance de ses fesses et me lança un regard par-dessus son épaule, avant de se retourner en remontant le pantalon sur sa taille.

— Allumeur, murmurai-je.

Il rit doucement et recommença son petit jeu pour m'aguicher en me montrant le début de sa toison. Il m'avait proposé à une occasion de se raser le pubis, mais je m'y étais opposée car j'aimais trop glisser mes doigts entre ses poils. Je contins mon souffle, les yeux rivés au tissu qu'il descendait très, très lentement.

— Tu es vraiment un allumeur ! protestai-je lorsqu'il se recouvrit encore une fois.

— Tu m'as demandé de te surprendre.

Je n'avais pas de réponse à cela, en revanche, j'écartai davantage mes jambes pour lui offrir une version non censurée de mon corps et glissai mes doigts assez loin pour les enduire avec le miel de mon sexe. Il lécha de nouveau ses lèvres.

— J'aime quand tu te caresses, murmura-t-il.

— Montre-moi comment tu fais.

Dan mit sa main sur son sexe à travers le tissu, puis la glissa aussitôt sous son pantalon. Son visage se tendit et il se mordit la lèvre.

— Ce n'est pas du jeu ! protestai-je.

— D'accord, madame l'Impatiente.

Sa voix sonnait un rien étranglée. Il laissa tomber le pantalon jusqu'à ses chevilles et s'en débarrassa d'un coup de pied. Lorsqu'il commença à se toucher sous mes yeux, je n'arrivais pas à choisir où les poser, sur son visage, transi de désir, ou sur son sexe, terriblement excitant car terriblement bandé.

Mon corps, en revanche, réagit au quart de tour. Ma respiration s'accéléra comme les battements de mon cœur, et mon clitoris devint plus dur sous mes doigts. Je sentais contre mes fesses nues le bois chauffé par ma propre chaleur, et je me glissai sur le siège pour commencer à me balancer.

Nous avions baisé plus d'une fois sur ce fauteuil, et je me rappelai alors son sexe dans le mien et le plaisir de son ventre qui frottait mon clitoris, l'orgasme qui venait tout seul avec l'oscillation des pieds à bascule.

La main de Dan bougeait sur son sexe bandé. Oh ! que j'aimais le regarder, bien campé devant moi sur ses jambes superbes. Je fixais, fascinée, le mouvement de son poignet, la tête luisante de son sexe. Il y avait quelque chose d'exceptionnel à l'observer se donner du plaisir devant moi, à son rythme, sans pudeur. Je pouvais presque sentir sur ma langue le goût unique de sa peau, mais je contins mon envie de m'accroupir devant lui pour le prendre dans ma bouche.

Je continuai à me caresser sous ses yeux, il continua à se caresser sous mes yeux, nous aurions pu finir de la sorte, chacun de son côté et pourtant ensemble, mais lorsque je sentis mon sexe se serrer une première fois à l'orée de l'orgasme, j'ôtai ma main. J'eus dix envies différentes en même temps, je voulais serrer mes jambes mais aussi les écarter, je voulais et je ne voulais pas jouir, ou plutôt pas encore et pas si loin de lui.

— Dan.

Je n'avais pas besoin d'en dire plus pour qu'il vienne vers moi et m'aide à me relever. Les sens chavirés, j'eus l'impression que le monde tanguait comme un bateau ivre, et je dus prendre une longue inspiration pour enrayer l'orgasme qui menaçait d'éclater à contretemps entre mes jambes. Il s'assit sur le rocking-chair et m'attira sur lui. Je me glissai sur son sexe, mon clitoris gonflé contre son ventre, nos bouches scellées dans un baiser avide où se perdaient mes gémissements. Il enfonça ses mains dans mes fesses et plongea en moi dans une poussée sauvage.

Il n'en fallait pas plus pour que je jouisse. Le corps secoué par les sensations, je m'accrochai à ses épaules tandis qu'il continuait à me pénétrer en cadence avec le balancement de la chaise qui faisait craquer le plancher. Il prononça mon nom, et mon orgasme s'amplifia, devenant immense comme le monde, infini comme l'Univers. Rien n'existait en dehors de mon plaisir.

Avec un dernier coup de reins qui me souleva, Dan termina, ses râles animaux mêlés à mes cris. Nous restâmes emboîtés l'un dans l'autre, bercés dans le va-et-vient du rocking-chair qui ralentissait peu à peu. Il me serra fort contre lui, et je pus sentir dans mon sexe encore palpitant les soubresauts du sien. Ce n'était pas souvent que je percevais si distinctement ce tressaillement, et je fus heureuse de le ressentir ce soir-là.

Je pensai à la semence qu'il venait de verser en moi, et j'imaginai l'armée empressée de spermatozoïdes qui remontait à présent dans mon ventre. Je me demandai quel accueil leur réservait mon corps, en songeant qu'il y avait peut-être, niché dans mon ventre, en ce moment même, un ovule attendant d'être fécondé. Si ce n'était pas très probable, ce n'était pas impossible non plus. On ne comptait plus les femmes qui, croyant ne pas avoir de souci à se faire, s'étaient trouvées enceintes.

Dan avait enfoui son visage dans ma poitrine avec un soupir de contentement, ses cheveux chatouillaient mon nez et nos peaux collaient à cause de la transpiration, mais je m'en fichais. J'étais trop heureuse pour m'arrêter à ce genre de détails.

Nous n'avions désormais plus de secrets l'un pour l'autre, ce dont je me réjouissais chaque jour. Et, pourtant, je ne lui dis pas que j'avais oublié de prendre ma pilule la veille ni que j'avais délibérément omis de doubler la dose ce soir, car je n'étais pas certaine que lui annoncer qu'on venait peut-être de commander un bébé soit d'une quelconque utilité.

— Je t'aime, dit-il contre mon cou.

— Je t'aime aussi.

C'était tellement facile à dire, à présent. Sans doute parce que c'était vrai, tout simplement.

Chapitre 5

— Bordel de saloperie de merde ! Où est ce salaud de Wayne ?

La voix de Marcy retentit dans le couloir carrelé, mais personne ne s'en offusqua.

— J'ai laissé un message à sa secrétaire et un autre sur son portable, expliquai-je. Il doit être sur le point d'arriver.

Marcy laissa échapper une complainte à mi-chemin entre le grognement et le sanglot. La sueur collait ses cheveux à son front, les cernes sous ses yeux formaient des demi-lunes sombres et elle avait les lèvres gercées. Ses doigts s'enfonçaient dans mon bras comme des clous, mais je ne me permis pas le moindre cillement. Ce n'était pas moi qui me trouvais sur le point d'expulser de mon corps un être dont la tête avait le diamètre d'une boule de bowling.

Nous avions fait les cent pas une heure durant, alors que le travail commençait. Marcy m'avait appelée en catastrophe en voyant qu'elle n'arrivait pas à joindre son mari, et ensuite elle avait conduit toute seule jusqu'à l'hôpital, où je l'avais retrouvée, non pas parce que je brûlais d'envie de me tenir auprès d'une amie qui mettait un enfant au monde, mais parce qu'elle n'avait personne d'autre.

Pour l'instant, en tout cas. A mon arrivée, elle m'avait serrée très fort dans ses bras et s'était mise à parler d'un ton animé et plein d'entrain pendant qu'on la préparait, et elle faisait si bonne figure que j'avais mis vingt minutes à m'apercevoir qu'en réalité elle était terrorisée.

Elle n'avait pas encore perdu les eaux, c'est pourquoi on lui avait recommandé de marcher dans le couloir pour aider le travail. La première heure et demie s'était écoulée sans anicroche. Elle avait gardé une humeur légère quoiqu'un brin hystérique, mais au fur et à mesure que le temps passait et que les contractions devenaient plus fréquentes sans signe de vie de Wayne, son optimisme surjoué s'était écroulé comme un château de cartes.

— Cet imbécile ! Je lui avais pourtant bien dit de charger son foutu téléphone. Bordel de m… !

Elle s'arrêta, pliée en deux, les mains plaquées sur son ventre, et expira en une série de halètements, tandis que je me tenais à ses côtés, sans rien pouvoir faire d'autre que la regarder.

— Il va arriver d'un instant à l'autre, répétai-je.

Mon Dieu, faites qu'il arrive, priai-je. *Qu'il arrive, tout de suite !*

Lorsque la contraction s'arrêta, les larmes commencèrent, et Marcy se retourna vers moi avec une expression désespérée dans les yeux.

— Merci d'être venue, Elle. Merci infiniment.

La culpabilité m'envahit.

— Evidemment que je suis venue, Marcy. Je n'allais pas te laisser tomber !

Elle serra ma main qu'elle tritura sans ménagement à

l'arrivée d'une nouvelle contraction, ses lèvres pressées en une fine ligne presque blanche.

— Saloperie !

Marcy n'était pas la seule femme aux prises avec les douleurs de l'enfantement. Je pouvais entendre le brouhaha des télévisions dans les salles adjacentes, au-dessus duquel s'élevaient ici et là des grognements divers et quelques cris déchirants. Il n'y avait pas de doute, je me trouvais dans le couloir d'une maternité, où l'air était chargé des odeurs de sang, de peur et de joie, et je devais faire appel à toute ma raison pour enrayer la nausée qui risquait de retourner mon estomac.

— Heureusement que tu es là, marmonna Marcy en se tenant à la rambarde qui longeait le mur. J'ai toujours envié ton sang-froid, Elle. Tu gardes toujours ton calme.

Je n'osai pas lui répondre que mon calme apparent était en réalité une crise de panique paralysante. Elle était mon amie et avait besoin que je joue un certain rôle pour elle en ces moments difficiles.

— Tout va bien se passer.

Elle hocha la tête et soudain son expression tendue se mua en une grimace de surprise. Je ne compris la raison qu'une seconde plus tard, lorsque le bruit d'un liquide coulant sur le sol attira mon attention. Nous regardâmes vers le bas toutes les deux, quoique, d'après moi, elle ne devait voir rien d'autre que son ventre.

— Je viens de perdre les eaux.

— Ne t'inquiète pas, dis-je en la prenant par la main. Retournons à la chambre.

Ensuite, tout s'accéléra. Des infirmières et des sages-femmes arrivèrent pour remplir leurs tâches. Wayne, la cravate de travers et les cheveux en bataille, débarqua avec une histoire à propos d'embouteillage et de batterie défaillante. Marcy lui pardonna sur-le-champ, et l'expression sur leurs visages lorsqu'il prit sa main pour l'embrasser fut digne d'un happy-end au cinéma.

Le moment où Wayne tourna de l'œil et tomba par terre comme un fardeau, manqua, en revanche, du moindre glamour cinématographique.

Je me trouvais déjà sur le pas de la porte car il m'avait semblé plus approprié de les laisser dans l'intimité, mais, au moment même où Wayne s'écroula, Marcy cria mon nom et je ne mis pas plus d'une seconde à retourner à son chevet.

— Il va bien, la rassurai-je.

Deux aides-soignants aidèrent Wayne à se redresser et l'installèrent sur une chaise, en lui conseillant de garder la tête baissée entre les jambes.

— Prête à pousser ? demanda la sage-femme alors. Elle, pouvez-vous tenir sa jambe pour l'aider ?

Comme si j'avais eu le choix. Je me tins au pied du lit, mes mains enlacées en guise d'étrier et le genou de Marcy dessus, que je retins fermement pour qu'elle puisse pousser. Elle cria. Wayne regarda vers nous et se releva, le visage pâle mais le geste déterminé. Aussitôt, le personnel lui enfila un bonnet et des gants avec l'efficacité d'une équipe de Formule 1, et la sage-femme commença à débiter des phrases d'encouragement que je n'écoutai pas.

Le bébé de Marcy arrivait.

Je vis d'abord sa tête apparaître, couverte d'un duvet brun à travers lequel je voyais la fontanelle palpiter. Marcy poussa de nouveau, cette fois-ci en silence. Le corps du bébé glissa alors à l'extérieur au milieu d'une coulée de sang et d'autres liquides à l'odeur indescriptible, et Wayne tendit les bras pour recevoir son enfant dans le creux accueillant de ses mains. Il pleurait. Comme le bébé, comme Marcy.

Et comme moi.

Dix minutes plus tard, on mit l'enfant, petit, fripé et tout emmailloté dans les bras de sa mère, qui le porta vers son sein. Elle était à moitié nue devant des inconnus qui la nettoyaient et lui expliquaient qu'elle avait besoin de points, mais elle s'en fichait. Eperdument.

— Regarde-le, dit-elle, émerveillée. Il est beau, il est incroyablement beau.

Et il l'était.

Mon téléphone vibra dans ma poche pendant que j'étais en train de me laver les mains dans les toilettes, après avoir laissé Marcy et Wayne en tête à tête pour qu'ils partagent les premiers instants de leur nouvelle vie sans témoins. Ils ne s'étaient même pas aperçus de mon départ.

— Elle ? demanda Dan, d'un ton tendu. Tu es où ?

— Je suis à l'hôpital, répondis-je d'une voix pleine d'allégresse. Marcy vient d'accoucher. Et tu es où, toi ?

Il se tut si longtemps que je crus que la communication avait été interrompue, et lorsqu'il parla de nouveau, il ne sonnait pas comme mon Dan, l'homme qui me rassurait toujours.

— Je suis aussi à l'hôpital. Mon père vient d'avoir une attaque.

Dotty Stewart tordait incessamment un mouchoir entre ses mains, et lorsque le tissu était si serré qu'elle ne pouvait plus continuer, elle le laissait se détendre pour recommencer à le tortiller. Elle ne cherchait pas à se donner une contenance comme ma mère l'aurait fait, car Dotty n'avait que faire de ce qu'on pouvait penser d'elle dans ces circonstances.

— Tu as appelé ton frère ? demanda-t-elle. Sam est au courant ?

— Je lui ai laissé un message, répondit Dan.

Sa voix trahissait encore son angoisse, mais il s'était ressaisi pour sa mère.

— Oh ! je voudrais tellement qu'il soit là, murmura-t-elle en allant s'asseoir au chevet de son mari.

Elle n'avait pas voulu être blessante, j'en fus certaine. Si Dotty avait une préférence pour l'un de ses enfants, elle ne l'avait jamais montrée. Cela dit, je n'avais rencontré son autre fils qu'une fois, à notre mariage, et très brièvement. Dan et son frère se tenaient à distance l'un de l'autre, et cela semblait leur convenir parfaitement à tous les deux. De mon côté, et sans que personne n'ait jamais émis le moindre commentaire à ce sujet, j'avais l'impression que le départ de Sam pour New York n'avait pas contribué à lui faire gagner des points aux yeux de ses parents.

En attendant que son père se réveille, nous allâmes patienter dans la salle d'attente. Dan n'avait pas cessé de marcher d'un bout à l'autre, en buvant café sur café. J'aurais voulu lui tenir la main, mais il semblait absorbé dans ses pensées, et je me contentais de rester assise à le regarder. Lorsqu'une infirmière vint le chercher pour lui annoncer qu'il pouvait voir son père, je me relevai, prête à l'accompagner. Il refusa en secouant légèrement la tête.

— Tu n'es pas obligée.

— Si tu as besoin de moi, je veux être avec toi.

Il avait été à mes côtés lorsque mon père était mort, car il avait compris que j'en avais besoin. Je me suis approchée de lui pour l'embrasser, en faisant fi de l'infirmière qui nous regardait.

— Tu risques de te sentir mal à l'aise, murmura-t-il d'une voix rauque au creux de mon cou.

Je déduisis qu'il craignait de se sentir lui, mal à l'aise, si je le voyais s'effondrer ou pleurer. Je le serrai contre moi.

— Si tu as besoin de moi, je suis là.

Il hocha la tête et étreignit mes mains en me regardant dans les yeux.

— Je sais.

Je n'avais jamais eu à être forte pour lui, mais ce n'était pas aussi difficile que je l'avais imaginé, et je l'accompagnai écouter le diagnostic des médecins.

Ils n'avaient pas que de bonnes nouvelles, mais la situation aurait pu être pire. Le père de Dan avait en effet souffert d'un accident cardio-vasculaire, mais relativement léger. On s'attendait à ce qu'il reprenne conscience dans les heures à venir, et ses fonctions cérébrales ne semblaient pas très affectées. Cela impliquait, en conséquence, quelques heures d'attente. Nous sommes restés pendant un bon bout de temps à la cafétéria pour retourner ensuite dans la chambre du malade.

Lorsque Morty ouvrit enfin les yeux, Dotty s'était absentée pour aller aux toilettes tandis que Dan, dans le couloir, mettait son frère au courant de la situation. J'étais la seule personne à son chevet.

— Salut, jeune fille, murmura Morty.

— Coucou, Morty, saluai-je en prenant sa main. Comment tu te sens ?

— Pas terrible, pas terrible, répondit-il avec un toussotement. Et toi ?

Je ne le connaissais pas depuis longtemps, deux ans à peine. Mais il avait plus été un père pour moi que l'homme dont je portais les gènes ne l'avait été durant des années. Ma gorge se serra lorsque je caressais sa peau friable et sèche comme celle d'un oignon. Je ne voulais pas le perdre, et pourtant mon chagrin serait toujours beaucoup moins profond que celui de Dan.

— Je vais bien, merci. Je vais aller prévenir Dotty.

Il secoua sa tête brièvement, comme son fils le faisait souvent, et je m'aperçus plus que jamais à quel point mon mari tenait de son père.

— Pas tout de suite. Assieds-toi un petit peu avec moi.

J'obtempérai sans lâcher sa main, et nous restâmes en silence un instant. J'eus l'impression qu'il s'apprêtait à dire quelque chose d'important, et en imaginant que j'allais être le témoin de ses dernières paroles, mon cœur se serra. J'avais l'impression d'usurper la place de son épouse et son fils.

— Tu fais du bien à mon garçon.

— C'est lui qui me fait du bien.

Morty sourit, et sa main bougea dans la mienne, en une esquisse vaillante d'une pression affectueuse.

— Dotty et moi, nous avons toujours voulu une fille. Mais, après Sam, elle n'a pas pu avoir d'autres enfants. Nous avons essayé, mais elle a perdu le bébé chaque fois. Finalement, le médecin lui a dit d'arrêter si elle ne voulait pas mourir.

— Je l'ignorais, je suis désolée, Morty.

— Il n'y a pas de quoi.

Morty étira ses lèvres en un mouvement qui n'était que l'ombre de son sourire éclatant habituel, même si l'esprit en demeurait. J'avais sous mes yeux le visage que mon mari allait avoir dans trente ans.

— Finalement, nous l'avons eue, notre fille, n'est-ce pas ?

— Merci, murmurai-je avec un sourire.

— Quant à Sam, il pourrait très bien ne jamais se marier. Mais Danny est plus malin.

Il se redressa dans le lit avec une grimace de douleur. Je me penchai sur lui, alarmée, mais il me rassura du regard.

— Quant à moi, je ne suis pas du genre à vous presser.

On ne pouvait pas dire autant de ma mère.

— Mais je serais très heureux… Dotty et moi voudrions tellement, tu sais…

— Que nous ayons un enfant ?

Je parlais d'une voix très basse, en regardant vers la porte pour être sûre que personne n'écoutait.

— Oui, répondit-il avec les yeux soudain plus brillants.

J'approchai ma tête de son oreille, d'un air conspirateur.

— Nous y travaillons.

Il rit, mais son éclat se brisa en une quinte de toux.

— Bien. Danny est au courant ?

— Il était là, que je sache.

Je ne me serais jamais permis un commentaire aussi polisson avec ma mère, mais ma relation au père de Dan était complètement différente. Et bien que ce ne soit pas une réponse tout à fait honnête, elle lui rendit le sourire.

— Bien, dit-il en fermant les yeux, si longtemps que j'eus peur qu'il ne les rouvre plus.

Il répéta alors :

— Bien.

— Mais si, viens. Ta journée a été très longue.

J'ouvris complètement les robinets de la magnifique baignoire installée par les précédents propriétaires, qui avaient dû être de grands amateurs d'ablutions, car la salle de bains était la seule pièce de la maison qu'ils aient refaite. J'ajoutai de l'huile de lavande pour faire bonne mesure.

— Allez, tu as besoin d'un bon bain chaud.

— J'ai surtout besoin de me coucher.

Sans l'écouter, car je savais qu'il ne protestait que pour la forme, je l'aidai à se déshabiller et à s'installer dans la baignoire. Lorsqu'il fut bien immergé dans l'eau presque bouillante, je le frottai consciencieusement avec un loofa et du gel moussant, sans me soucier un instant de l'eau qui débordait et éclaboussait mes vêtements. Je continuai à le cajoler tendrement jusqu'à ce qu'il cède et se laisse aller à mes caresses savonneuses. Finalement, lorsque je le sentis complètement détendu, je le conduisis au lit comme un enfant épuisé.

Je me glissai entre les draps, nue, derrière lui. Sa peau était chaude du bain et la mienne en comparaison devait lui paraître fraîche, mais il me laissa l'envelopper avec mes bras et mes jambes sans s'en plaindre. J'embrassai son épaule.

Parfois nos silences sont plus éloquents que tous les mots.

Je continuai à l'embrasser le long du bras jusqu'à sa hanche et son ventre, et je l'entendis soupirer. Ma bouche descendit encore plus bas et je sentis son corps vibrer et se tendre lorsque ma main empoigna son sexe, qui se dressa dès que je le touchai. Cependant, Dan posa sa main sur ma tête lorsque je l'approchai avec mon visage, comme s'il voulait m'arrêter.

— Elle.

Avec un sourire en coin, je tournai la tête pour le regarder.

— Je t'aime, Dan. Laisse-moi te faire l'amour…

— Parce que tu penses que c'est ça dont j'ai besoin ? demanda-t-il avec un demi-sourire.

— Pas besoin. Envie. Tu veux que je te fasse l'amour.

C'étaient les mots exacts qu'il avait utilisés avec moi, un soir, il y avait déjà longtemps, et il avait eu raison. Et comme lui ce jour-là, ce soir j'avais raison. Les fonctions du sexe sont infinies et variées et je ne prétendrai jamais toutes les connaître, mais j'étais certaine, en revanche, du réconfort indéniable qu'on peut trouver dans l'oubli que le plaisir offre.

Je lui fis l'amour avec ma bouche et mes mains jusqu'à ce qu'il tremble dans mes bras, et alors je me hissai pour le chevaucher. Il gémit quand je m'empalai sur lui, et ce simple son envoya dans mon corps une décharge d'excitation qui me galvanisa. Ses cris, ses gémissements avaient toujours sur moi un puissant effet aphrodisiaque.

Mon intention du départ était de ne m'occuper que de lui, mais lorsqu'il faufila sa main entre nos corps, je ne m'y opposai pas. Nous commençâmes à bouger en rythme, lentement d'abord, de plus en plus rapidement ensuite. Je croyais qu'il allait jouir immédiatement, mais il me regarda en cherchant dans mon visage l'effet que ses caresses produisaient, et il sourit en m'entendant gémir.

— Je veux te voir jouir, murmura-t-il. Montre-moi.

Une minute plus tard, son vœu était exaucé.

Son orgasme arriva à la suite du mien, et il cria mon nom. Encore tremblant de plaisir, il m'attira contre lui pour m'embrasser.

— Je t'aime, murmura-t-il. Je t'aime tellement.

— Moi aussi, je t'aime.

Je le serrai aussi fort que je pus car je voulais qu'il sache que j'étais là pour lui plus que jamais, de tout mon cœur. Je crus qu'il allait pleurer, mais il ne le fit pas, et j'entendis sa respiration ralentir peu à peu. Je me glissai alors sur son flanc et tirai les couvertures sur nous.

Je pensai qu'il fallait encore que je me relève pour me doucher et me brosser les dents.

Pour prendre ma pilule aussi.

A la place, je restais immobile à écouter sa respiration, mon corps plaqué au sien pour qu'il sente, même dans son sommeil, que je veillais sur lui. A une époque, j'avais craint de ne pas être taillée dans un bois assez solide pour être digne de son amour, mais le temps m'avait prouvé que je me trompais.

Je ne sortis pas du lit.

Ce n'était pas ma conversation avec Morty qui m'avait fait changer d'avis quant à faire un enfant, ni le fait d'avoir vu ma mère avec ma nièce, ni même ma petite nièce avec son beau sourire. Ce n'était pas non plus parce que j'avais assisté au miracle de la venue au monde de l'enfant de Marcy.

Tous ces éléments auraient pu être des raisons, de bonnes raisons, d'ailleurs, pour me faire changer d'avis. Mais c'était l'homme à mes côtés qui m'avait prouvé que l'amour vaut plus que tout. C'était lui qui m'avait convaincue que j'avais dans ma vie, et dans mon cœur, de la place pour plus d'amour que je ne l'avais jamais imaginé.

Il y avait des dizaines de raisons pour accepter d'avoir un enfant, mais, en ce qui me concernait, à ce moment-là, en sentant nos cœurs battre ensemble sous cette couette que nous partagions chaque nuit, il n'y avait qu'une raison qui comptait. L'amour.

Et c'était une raison plus que suffisante.

Composé et édité par les

éditions HARLEQUIN

Achevé d'imprimer en France (Malesherbes)
par Maury-Imprimeur
en décembre 2012

Dépôt légal en février 2013
N° d'imprimeur : 177674